光文社文庫

おさがしの本は

門井慶喜

JN283803

光 文 社

目次

おさがしの本は

図書館ではお静かに

1

「シンリン太郎について調べたいんですけど」

という相談なら、N市立図書館のレファレンス・カウンターに年に一度はかならず来る。おかげで和久山隆彦《わくやまたかひこ》は、入職して七年、調査相談課に配属されて三年のまだまだ新米にもかかわらず、この読み誤りにすっかりなじみになってしまった。心のなかで溜息《ためいき》をつき、おそらくは二十歳前後であろう相手の女の子を見あげ、

「梨沢《なしざわ》先生の生徒さん？」

「よくわかりましたね！」

女の子はいっぱいに目を見ひらき、その場にふさわしからぬ声をあげる。わかるに決まってるじゃないか、と隆彦はつぶやいてから、

「森林《もりりん》太郎《たろう》と読むんです」

「へんな名字」

「名字はモリですよ。モリリンじゃなくて。高校のころ習ったでしょう、鷗外《おうがい》の本名」

「ああ」

女の子は目を輝かしたが、それは明治大正文壇の巨星に思いを馳《は》せたというよりは、単に、久しく聞かなかった名を聞いたことの感興の故《ゆえ》にすぎないようだった。改めて眺めると、顔の肌は浅黒い。唇はショッキング・ピンクの口紅にぬれぬれと覆いつぶされているし、髪からは濃厚なグレープフルーツのにおいが放散されている。鷗外どころか、そもそも十ページ以上ある本をこの子は読み通したことがあるだろうかと隆彦はいぶかしんだ。

こんな子の次の行動は決まっている。そう思いつつ眼鏡を押しあげて待てば、案の定、彼女はデニム素材のショルダーバッグを木製のカウンターの上へどさりと載せ、さんざん引っかきまわした挙句《あげく》、一枚のルーズリーフをとりだした。バインダーに綴《と》じてもいない皺《しわ》だらけのB5判。そこには教科名だの、教員名だの、来《きた》るべき試験の日程だのが横罫を無視して縦横《たてよこ》ななめに記されているが、その中央、ひときわ大きな丸でかこんだところを指さしながら、

「ここなんです、ここ」

と隆彦へよこす。どうやらレポートの課題らしい。

林森太郎『日本文学史』を読み、考えたところを記せ。
※　最初から最後まで読む必要はない。

字数は二千字または四百字詰原稿用紙に五枚、締切は六月三十日。つまり、

「明日なんです。学校の図書館じゃ埒《らち》があかなくて。どうすればいいでしょう」

「勘ちがいしているようですが」隆彦は紙を突き返した。「ここは学生さんの勉強を手伝うところではありません。調べものを手伝うところです」

「おなじでしょ」

「ぜんぜん違う。勉強するのは君自身。しかし勉強のための資料さがしに話をかぎるなら協力を惜しまない。それがレファレンス・カウンター」

「N市はお金がないから」

「全国どこでもそうです」

白衣の襟《えり》をなおしつつ隆彦が言うと、

「じゃあ、その森鷗外の『日本文学史』っていう本はどこにあるんですか？」

「ありません」

とたんに相手は眉根《まゆね》を寄せ、隆彦をにらみつけ、

「追い払う気ね」

「ほんとに存在しないんですよ」

指で目をもんだのち、隆彦は椅子から立ちあがり、説明をはじめた。

K短大国文学科、梨沢友一《ともいち》教授はここ数年、かならず森林太郎にかかわる課題を出して来た。昨年は短篇「高瀬舟」を読むことを求めたし、その前の年は「金毘羅《こんぴら》」だった。しかも教授の担当する「日本の近代小説I」(二単位)は必修科目、修得することなしに卒業はあり得ない。となれば今年もきっと五十名前後の履修者のうちの幾人かは見慣れぬ作家の見慣れぬ作品名に愕然《がくぜん》とした挙句、きびすを返し、急いで手近な図書館へ——この図書館へ——駆けこんで来るに違いない。そろそろ前期試験のはじまる時期でもあるし。隆彦はそう当たりをつけ、もう何日も前から、ひまを見つけては岩波書店版の全集をぱらぱら眺めて頭へ入れていたのだった。

「私の記憶のなかに、そんな題の著作はありません」

「ちょっと待ってよ」女の子は唇をとがらせた。「それじゃあ梨沢先生は、ありもしない本を読めと?」

「そんなことはないでしょう」

「わかった。鷗外作じゃないものを鷗外作と勘ちがいしたんだ」

「それもない」

「どうして言いきれるの？」

「去年の学生さんから聞きました」隆彦はにこりともしない。「先生はすっかり心酔しているんです。そう、鷗外と書かず林太郎と書くほど」

鷗外は中毒性が高い。一部の読者をファンというより信者にしてしまう度合は近代日本の作家中、随一だろう。が、それを考えに入れてもなお梨沢先生の惑溺《わくでき》ぶりは尋常ではないというのが学内学外のもっぱらの評価だそうな。その何よりの証拠こそ、作家を決して雅号では呼ばぬという決意にほかならなかった。その背後には、失礼ではないか！　というような思いがあるらしい。作家本人がいまわの際《きわ》に「石見《いわみ》人森林太郎トシテ死セント欲ス」という言葉を遺《のこ》したり、お墓にただ「森林太郎墓」とのみ刻むよう指示したりしたというのに。あるいは壮年のころ発表した随筆「鷗外漁史《ぎょし》とは誰ぞ」において雅号すなわち虚名が広まることへの違和感をはっきり表明してもいるというのに。……けだし、木下杢《きのしたもく》太郎《たろう》にしろ小堀桂一郎《こぼりけいいちろう》にしろ、かつてどの信者たちも思いつかなかった論理だが、それほどだから、梨沢教授が鷗外の作品名を違《たが》えることは万が一にもない。

「それに先生は、J社が出した『はじめまして森鷗外』の校訂も担当してますし。初学者むけながら、なかなか水準の高い本です」

「じゃあ、どう考えれば？」

「残りの可能性はひとつです」

「何？」

「写し誤り」

隆彦は言うと、相手の手に持ったままのルーズリーフを指さした。そんなことあるわけないでしょと女の子はただちに言い返したが、隆彦に、

「現に、ほら」

紙上の一点を爪ではじかれると、

「ほんとだ」

「これではリンシン太郎です」

「逆さにしちゃったのね。じゃあ『日本文学史』のほうも……何《なに》と間違ったのかな」

「知りません」

隆彦は紙くずでも捨てるみたいに答える。女の子は腕を組み、あらあらしい声になり、

「想像くらいつくでしょう、似たタイトルの。前もって勉強したんなら」

隆彦は表情を変えず、立ちあがり、

「こちらへ」

横歩きしてカウンターの外へ出ると、さっさと階段のほうへ歩いてしまう。階段をのぼり、四階のいちばん西の奥の壁ぎわの「900　文学」と書かれたプレートを掲げる本棚の前に立つ。上から二番目の棚には、からし色をした菊判、クロス装がずらりと並んでおり、そのいちばん右、請求記号 918.68 M25 38 の一冊を隆彦は引き出した。すなわち岩波書店版『鷗外全集』(昭和四十六年から五十年刊) 第三十八巻。その巻末をひらき、となりに立ったばかりの女の子へ見せ、

「ここに総目索引がありますよね」

「やめてほしいなあ」

「何を？」

相手は、巻貝状にカールさせた髪をうしろへ撥《は》ねのけ、金色のピンヒールのかかとで床を蹴り、

「その馬鹿丁寧《ていねい》な口調。私のほうが年下なんだし。もっと簡単にしゃべってよ」

隆彦は鼻を鳴らし、何か言い返そうとしたが、口をつぐんだ。眼鏡を持ちあげ、次にふたたび口をひらけば、

「この目録をひととおりご覧ください。正しい題が何なのか、おわかりになると思います」

と、なおさら丁寧な話しぶり。顔をまっ赤にした彼女の手にずっしりと本をあずけ、ひとり階段のほうへ戻って行ってしまった。

五分後。大工が釘を打つような靴音を響かせ、ふたたび女の子は二階へおりて来た。隆彦はちょうどカウンターの椅子に座り、受話器を耳にあて、夏休み中の開館時間に関する問合せに答えていたところだったが、女子学生はお構いなしに、

「わかりました!」

隆彦は、土曜日と日曜日の閉館時刻の違いを念押ししてから電話を切り、

「もう?」

相手はあごを持ちあげ、得意そうな顔をして、

「私、やっぱり写しまちがいなんか、してなかった。林森《はやしもり》カズヒトっていう軍医がいたのよ、当時。カズトかもしれない。まぎらわしいんだけど、その林森さんに関する報告書を、鷗外が書いてる。きっと日本文学史がらみなんだ」

「それは知らなかった」

と隆彦が正直に言うと、

「二十八巻」

「え?」

「その巻に本文があるんです、索引によれば。でも本棚になかった。あんなに並んでるのに、ところどころ歯抜けが」

隆彦はくるりと椅子ごと九十度回転し、端末のディスプレイに顔を向けた。手慣れた調子でマウスを動かし、蔵書検索の画面を呼び出し、文字列を入れる。出て来た結果は、

「貸出中です」

相手の顔が青くなった。

「うちの学生？」

「違うみたいです。個人情報にかかわるので詳しくは申し上げられませんが、ご年輩の方です。趣味の読書のためにお借りになったのでしょう」

「返却期限は？」

「来週」

相手は天を仰ぎ、足をふみならし、

「締切すぎちゃう」

隆彦はディスプレイへ目を貼りつけたまま、遺体の心電図のように抑揚のない口ぶりで、

「ご安心を。この版の鷗外全集なら、もう一そろい閉架にあります。たまたま最近寄贈を受けたのを、こんなこともあろうかと早めに整理しておいたんです。出して来ましょう

か」

「もちろん」

隆彦は書記台のほうを指さし、

「請求票にご記入を」

「急いでるんだけど」

「規則ですから」

「役人！」

鼻すじへ皺を寄せ、歯をむき出したが、

「鷗外もそうでした」

と受け流すと、彼女は時間の浪費と判断したのか、そのとおりにした。と、こんどは書記台のほうから、

「電話番号まで書かなきゃいけないんですか？」

「何かあったときのために」

「あるわけないでしょ」

「規則ですから。携帯電話でも結構です」

彼女は筆音《ふでおと》高く書きなぐり、つかつかと来て紙片をさしだした。見れば、名前は河合志《かわいし》

織《おり》。隆彦は立ちあがり、奥へ引っ込んだ。

「どうぞ」

ふたたび出て来てカウンター越しに当該書目をさしだす。志織はその場でばらりと繰りはじめた。行きつ戻りつした挙句、

「あった。これ」

天地をひっくり返し、隆彦へ見せた。四十九ページ。隆彦はあからさまに長い溜息をついた。

在伯林森一等軍医報告

という題だったからだ。手の甲で版面《はんづら》を打ち、一語一語をはっきり区切りつつ、

「こう読むんです。在ベルリン、森、一等《いっとう》軍医、報告。伯林《ベルリン》はドイツの——当時はプロイセンの——首都ですよ。それに、ついさっき申し上げませんでしたか？　鷗外は官僚でもありました。軍医として陸軍省に所属していたんです。すなわちこれは随筆でも何でもない、単なる書類です。かの国から日本の上司へ、衛生学の研究の進捗《しんちょく》情況を報告した、それだけの話」

志織はページへ目を落としつつ、

「文学史とは関係ないのね」

「一からやり直すほうが賢明かと」

彼女はきびすを返し、どんよりした足どりで階段をのぼる。さぞかし途方に暮れているのだろう、踊り場から二段目で片方のピンヒールがぬげ落ちてしまったことに、ようやく八段目で気づくありさまだった。

2

浅学《せんがく》菲才《ひさい》の徒をいったん追い返してしまうと、隆彦は持ち場を同僚に託し、奥へ入った。

職員専用の階段で一階へおり、正面の鉄扉《てっぴ》をあければ貸出・返却カウンターのうしろへ出る。しかしそのなかへは踏み込まない。腕だけをのばし、壁ぎわに置かれたブックトラックの三段目から、四冊の本をひっさらう。体の向きを変え、踊り場のむこうの扉をあけ、閉架書庫へ入る。おなじ幅、おなじ高さのクリーム色のスチール製の本棚が、左右へ、奥へ、どこまでも列を作るさまは一点消去の遠近法のお手本のようだ。その隙間をぬいつつ、背表紙のラベルを確かめ、迅速的確にさしこむ。書庫内の階段を地下一階へおり、地下二

階へおり、三冊まで戻したところで、

「なんだ」

舌打ちした。残りの一冊、ボイス・ペンローズ『大航海時代』(荒尾克己訳、筑摩書房)の背のラベルの枠がグリーンだったからだ。誰の不注意か。開架へ返すべき本はブックラックの一段目か二段目へ置くべしと二年も前から取り決めてあるというのに。

「仕方ないな」

貸出・返却カウンターへ戻り、犯人をあばき、厳重に注意しなければ。

「どうせ来年の四月から館長が代わるとか何とか、どうでもいい噂ばなしに熱中してたんだろう」

隆彦はそう味気《あじき》なくつぶやき、階段のほうへ向かった。配架というのは単純でありつつ、文字どおり図書館の生命《せいめい》を左右する作業にほかならない。数字と記号をあらかじめ割り振っておこなう蔵書検索の仕組みでは、本はうっかり収めどころを誤れば永遠に日の目を見なくなってしまう。

しかし隆彦は、階段の正面に立ち、足をとめた。ちょっと目を泳がせたのち、ふたたび足を出したが、選んだのはおりるほうだった。地下三階の北西のすみへたどり着けば、そこは誰ひとり来ることのない聖域のなかの聖域だ。ないし未開地のなかの未開地だ。何しろ本棚がない。四畳半ほどの床に青いビニールシートが敷かれ、和本の山があらかに林立するのみ。空調完備の建物なのに、どういうわけか、ここだけは使いこんだ剣道の防具のにおいが沈んで逃げない。

その床とビニールシートの境目に来たところで、隆彦は両膝をついた。持参した洋装本を横へ置き、右のこぶしで二、三度、腿《もも》を殴りつけた。仲間へ苦言を呈せねばならないのが気が重いのではない。さっき短大の学生にぶつけられたせりふが頭から離れないのだ。馬鹿丁寧な口調。もっと簡単にしゃべってよ。役人！

言い返せなかった理由は明らかだ。そのとおりだと思ったからだ。しかも同時に、隆彦は察していた。彼女はたまたま口に出しただけ。ほかの利用者も、みな同様に感じて言葉にしなかったのだ。分別のせいか、面倒くさかったか、言っても無駄とあきらめたか。どうしてだろう。いつから自分はこうなってしまったのだろう。

はじめは違っていた。大学で司書の資格を取り、公務員試験に合格し、あまつさえ一年目から希望どおり市立図書館に配属されたのだから仕事が楽しくないはずがない。定期刊行物の整理、貸出カードの作成、「週刊読書人」に載る選定図書週報のコピー……起伏にとぼしい作業に精出《せいだ》しながら、隆彦はおのれの幸運を信じて疑うことがなかった。

が、現実にむしばまれた。きっかけは何だったろう。もしかしたら、図書館という施設がかならずしも行政機構全体において枢要な位置を占めないと気づいてしまったことかもしれない。市長は視察に来やしないし、建物はもう二十年も増改築がない。市議会議員のなかには公然と規模縮小論をとなえる輩《やから》も少なくないし、実際、議会の連中の図書館費の金額の決めかたときたら、決めるというより、公共工事だの中小企業支援だののお余りを「恵む」という気配があからさまだ。何より屈辱的なのは、館長のポストが、本庁の局長クラス——水道局長とか秘書室長とか——の天下りの定番といわれることだった。畑ちがいを忌《い》むのではない。第二の人生をやっかむのでもない。いやしくも、おなじ市立の称を冠した施設を「天下り」などという本来は外部の企業や団体に対しておこなう排出措置の受皿《うけざら》に仕立てて誰もかえりみないとは何ごとか。化外《けがい》の城もいいところではないか。

　こういう軽視ないし無関心を、逆のほうから裏書きするのが市民一般の利用状況だった。N市は僻陬《へきすう》の地ではない。人口たかだか三十万強ながら、首都圏への通勤圏に属して人口密度はかなり高いし、交通もよく発達している。ちょっとした政令指定都市のおもむきを持つにもかかわらず、ほんの一部の人々しか貸出サービスを利用しないのだ。その利用の対象も、本屋でひょいと買えるような新刊本ばかり。おまけに本文にマーカーで線を引く、見返しに油《あぶら》染《じ》みをつける、スピン(紐《ひも》のしおり)をひきちぎる。そもそも何度催促しても返さない。およそ書物というものの遇しかたを知らない連中が多すぎるとしか隆彦には認めようがなかった。ちょっと厳しすぎる見方かもと我に返ることもあるけれど、やはり賊徒《ぞくと》にわが子を傷つけられた親なら甘い顔はできないだろう。ちなみに究極の例をお目にかければ、隆彦が入職した翌年の夏、とつぜん二階の参考図書室のガラス窓を開け放った男がいた。男はかたっぱしから窓の下の本棚の『ブリタニカ国際大百科事典』全三十冊を抜き、外へ投げた。地上の仲間に受けさせ、持ち逃げさせたのだ。持ちこむ先が古本屋だったのか、古紙回収業者だったのかは今なおわからない。どちらにしろ、彼らの手に入れんと欲したのが知識百般でないことだけは明白だった。

こんなありさまだから、レファレンス・カウンターなどは存在しないに等しい。椅子に座って待っていても、来るものといえば、倦怠《けんたい》と閑古鳥《かんこどり》とを除けば森林太郎をシンリン太郎と読むような若輩ばかり。売れないデパートの総合案内所のほうがまだしも機能に富んだ仕事をしているのではないか。そんなわけだから隆彦も、調査相談課へ異動になり「人文書担当」なる立派な肩書をもらいはしたが、とどのつまりは配架、貸出、館内の見まわり……基礎業務の域を出ないこと入職当初と何ら変わるところがない。

いや、それなら我慢できるのだ。汚損されようが十年一日の如《ごと》しだろうが、本がらみなら本がらみ故のたのしみが残る。それなりの意義も感じられる。耐えられないのは、それと関係のない仕事だった。館長のゴルフ談義のお相手をつとめたり、学習室の高校生の私語のむやみに大きいのをたしなめたり、どう見ても冷暖房完備の安楽な環境だけが目当ての老人にソファで熟睡しないようお願い申し上げたりを繰り返していると、しばしば自分が司書なのか、それとも一種の倉庫番なのかわからなくなってしまう感覚に襲われた。しょせん図書館など知の宝庫ではない。単なる無料貸本屋か、そうでなければコーヒーを出さない喫茶店にすぎないのだ。少なくとも市民の目にはそうなのだ。入職以後の六年とちょっとの月日は、要するに、そう諦めをつけるための月日だった。そして諦めの度が進めば進むほど、きっと、隆彦の利用者への態度の冷淡さの度も進んだのに違いない。河合志織に遠慮なしに指摘された「馬鹿丁寧」な口調、および「役人」じみた応対は、けだし、この道の行き着くところに存在した。

3

次に彼女が二階へおりて来たのは二十分後だった。

誰もいないレファレンス・カウンターに、すいませーんと黄色い声を投げる。反応を待たずに二度、三度、いっそう大きな声で呼ばわる。それを隆彦はうしろから見ていた。すっと近づいて行って、

「ほかの方々の迷惑になります」

彼女は小さく叫び、ふりかえり、

「どこから出て来るんですか」

隆彦はまばたきもせず、中空に書かれた文字を棒読みするみたいに、

「開架図書室から。返却された本をもとへ戻す作業をしていました」

「別の人に相談したいな」

「私はただひとりの人文書担当です。ご相談には館内最適かと思いますが」

と言うと、横歩きしてカウンターの向こうへ入り、椅子に腰かける。志織は溜息をつき、あからさまに舌打ちしてから、

「林森っていう言葉はあれ以外、見つかりませんでした」

「あれというのは、在伯林？」

「そう」

「だから最初から写し誤りだと」

「認めますよ」顔をしかめた。「見つからないんだから仕方がない。だから『日本文学史』のほうを調べることにしました。それでいいんでしょ？」

「はい」

「どこにもなかった、そんな題」

「ほんとにちゃんと探したんですか？」

とはさすがに口に出さなかったけれど、隆彦はその意思をありありと含むまなざしを向けた。どうやら伝わったらしい。志織は、

「見て下さい」

挑むように言い、あごを持ちあげた。デニムのショルダーバッグから、こんどは皺のないルーズリーフを出し、カウンターの上へなかば叩きつける。

「それに近いのは書き出したんだから」

隆彦はとりあげ、一瞥《いちべつ》した。題名がアイウエオ順にならぶあたり、たしかに冒頭から丹念にチェックしたようだ。字もちゃんと横罫に沿っている。なかなか悪くない字の姿だ。

日本医学史序
「日本絵画小史」序
日本芸術史資料
「日本米食史」序

「やっぱり」志織は念押しした。「文学史はありませんでした。まあ文学の二文字だけなら、ちらほら入るものも見られたけど。文学上の創造権、近世の独逸文学……」

「どれも遠すぎる」

「でしょう。ということは私は、結局、この四つのうちのどれかを書きまちがえたわけだ。著者名の上に題名まで。ほんと嫌になっちゃう」

「混雑してたんでしょう、掲示板の前が」

「そう！　そうなんですよ。試験前だから。私、こーんなうしろで、ぴょんぴょん跳んで目をこらすしかなかった」

距離を強調するためだろう、志織は左手を前に出し、右手を脇の下へ入れ、いっぱいに引く。

「いまから見直しに行ったら？」

と隆彦は首をかたむけるが、

「時間がもったいない。それに、もう当たりはついたし」

カウンターに両手をつき、ぐっと身をのりだして来る。隆彦はその顔の前へルーズリーフを壁のようにぶら下げ、

「どうつけたんですか？」

志織は、上から三行目を指ではじいた。Ｂ５の紙がはらはらと揺れる。

「ぱっと眺めたところでは、日本芸術史資料がいちばん異質ですよね。序の字がないし、そのかわり資料なんて余計な文字がふたつもある。だからこれは外して、ほかの三つから」

「そう来ましたか、やはり」

「と見せかけて！」

おなじ場所をもういちど指ではじいたのは隆彦には不意打ちだった。つい間投詞をもらし、紙の上へ顔を出し、

「私もそうじゃないかと」

「あ」

「何」

「いま笑わなかった？　一瞬」

隆彦があわてて渋い面《つら》をし、顔をひっこめ、

「冷静に分析すれば当然たどり着くべき結論ですがね。ほかの三つがみな全集で一ページと短いのに比べ、これは五百ページ弱と圧倒的にヴォリュームがある。第三十七巻にあるんですね。出して来ましょう」

ルーズリーフを返し、立ちあがりかけると、志織はしてやったりと言わんばかりの表情をし、木製の卓面のほうを指さした。菊判、からし色、クロス装の本が一冊いつのまにか置かれている。背のラベルの枠はグリーン。開架から持って来ていたのだ。

「ご年輩の方の趣味には含まれなかったみたい」

隆彦はひとつ空咳《からせき》をすると、手にとり、当該ページをひらいた。

しかし「日本芸術史資料」は厳密な意味における作品ではない。作品以前の備忘録というべきだ。優秀な小説家がほとんど常にそうであるように、鷗外もまた無類の読書家だった。と同時に、彼には抜書《ぬきが》きの習慣もあったようだ。いつごろからか定かではないが、日本の美術工芸の歴史にかかわる大切な記述にぶつかるたび、彼はいちいち筆をとり、脇へ置いた半紙へ転写した。いな、単なる習慣とは違う。もっと意識的な手職《てじょく》だった。すなわち、いずれ『日本芸術史』という総題を持つ一冊の――少なくとも首尾一貫した――著作を世に問うための材料の収集。残念ながら早すぎる死は、それらを総合し、体系づける機会をとこしえに彼に与えなかったけれども。

具体例を引こう。全体が、史徴前期（先史時代）、王朝時代、藤原時代、鎌倉時代、足利時代、徳川時代、および維新時代（明治時代）の七つに区分されるなか、たとえば王朝時代の「建築」の項の冒頭は、

○飛騨ノ国良匠多し。京都及諸国に往来して木取《きどり》し、その乾枯するを候ひて、往きて建築す。其間二三年を閲す。貫《ゆき》穴を内膨《うちふくら》に穿ち、貫を太く削りて打込み、久きを経て罅隙を生ぜざらしむ。飛騨ノ匠は一人の名に非ず。（日本事跡考○牛馬問）

○瓦は崇峻帝の時（五八八至五九二年）に始まる。（本朝世事談綺巻五）

また足利時代、「絵画及び書」の狩野宗家の項には、

○狩野正信、狩野氏の画祖なり。是を宗家第一世とす。本姓は藤原。……足利義政に仕へて近習たり、後絵事を掌る。食邑五千貫。後薙髪して名を祐勢（一作祐清、又作友清）又伯信と改む。法眼に叙せらる。延徳二年（一四九〇年）七月九日歿す。……（名人忌辰録上巻）

○狩野元信筆
三幅対、右善財、左春日、中観音

京都妙満寺にあり。（甲子夜話巻五十二）

こんな調子で、鷗外はじつに百をゆうに超える書籍から抜粋したわけだ。もっとも、右の引用からもうかがわれるが、その百以上には江戸時代の随筆がかなり多い。けだし『ヰタ・セクスアリス』の主人公、金井《かない》君が、

僕のやうに馬琴京伝の小説を卒業すると、随筆読《よみ》になるより外ないのである。

とうそぶいたのが思い出されるところだけれど、そんなわけで「日本芸術史資料」という全集中の題名は、よく実《じつ》を体《たい》していると呼ばねばなるまい。

「その資料っていうのが気になるんですよね」

志織はそう言うと、隆彦がひらいて眺めていたページの柱の部分を指さし、

「私がそそっかしいのは認めますよ。日本文学史と日本芸術史、たしかに二文字まちがいました。けど、その上ほかの二文字もばっさり落としちゃうなんて、そこまで混乱してたかな」

その疑問はもっともですがと前置きしてから、隆彦はじっくり間《ま》を置き、

「掲示板に最初から存在しなかった、と考えればいい」

「梨沢先生が書き忘れたってこと？　それはあり得ません。何しろ板書《ばんしょ》の字もぜったい手を抜かないし、おまけに壇上へいつも辞書や参考書をどっさり積むほどなんだから。ちょっとでも字があやふやだと思うたび、いちいちチョークを置いて確かめるんです。新字か旧字か。横棒は三本か二本か。人名の表記は正しいか。そんなふうに厳密じゃなければならない仕事をしたんでしょ、むかし」

「J社の『はじめまして森鷗外』の校訂ですね」

「そう、それ」

「授業で聞いたんですか？」

「聞きました」志織は目を泳がせた。「……友達の育子《いくこ》が。私がさぼったとき」

すなわち志織のような、およそ文学作品なんか読んだこともないという若い人に向けてアピールすべく刊行されたのが「はじめまして文豪」シリーズだった。全二十巻はすでに完結しており、ほかに尾崎紅葉《おざきこうよう》、夏目漱石《なつめそうせき》、永井荷風《ながいかふう》、川端康成《かわばたやすなり》などを収める。そのなかの鷗外の巻の本文を担当したのが当時の学習院大学教授、梨沢友一というわけだ。これは噂にすぎないが、当初、梨沢先生はタイトル案に肯《がえ》んぜず、どうしても『はじめまして森林太郎』とすべきだと主張したという。例の本名優先主義が顔を出したわけだ。版元にもいろいろな苦労がある。

本文の校訂は容易ではない。栗ごはんを電子レンジで温めなおすような、過去の文章を刷りなおして終わりというような仕事ではない。本文にもターゲットがあるため だ。この場合、受け手は二十一世紀の初学者であり、担当者にはそれを意識した改刪《かいさん》の作業が課せられることになる。歴史的仮名遣いを新仮名遣いにしたり、ルビを補ったり、難読漢字をひらがなにしたりだ。そのくせ底本の持つ字面の雰囲気はなるべく残さなければお話にならないわけだから、厄介の度は尋常ではない。いわんや梨沢先生には、そもそも鷗外の本文をいじることそれ自体がもう、

「とても不本意」志織は言った。「先生はそう教室で愚痴《ぐち》をこぼしたそうですよ。引き受けるんじゃなかったと。そんな厳密な人だもの、やっぱり掲示板への書き忘れなんて……」

「忘れてませんよ」

隆彦は本をカウンターに置き、ひっくり返し、押し出した。

「こういうときは解題を見るんです、学生さん。ほら、書いてあるでしょう」

志織はぐっと顔を近づけ、黙読しはじめる。隆彦はつづけた。

「資料の二文字はもともと鷗外のノートには存在しなかったんですよ。『日本芸術史』だ

け。やっぱり将来の著作を視野に入れていたんでしょうね。しかしながら全集の編者としては、そのタイトルは採れない。しょせんは抜書きの寄せ集めにすぎないものを単独の著作と見なすのは無理があるからです。そこで『資料』の二文字を付し、より内容にふさわしい題にした上、そのことを解題に記録した。穏当な措置だと私は思いますが……」

「梨沢先生もおなじように思ったかどうか。そう言いたいんでしょ？」

志織が顔をあげ、まっすぐ隆彦を見つめる。隆彦はうなずき、

「思い出して下さい。鷗外とは決して呼ぶべからず、林太郎と呼ぶべしと誰に対しても強硬に主張するほど文豪の素志《そし》を敬うこと篤《あつ》い人なんですよ。いくら学校のキャンパスの掲示板とはいえ……」

「林太郎の記さなかった文字を記すはずがない！」

志織は大きく手をふり、指を鳴らした。紙風船の爆《は》ぜるような音があたりに響いた。

「お静かに」

と隆彦はたしなめたが、志織の応答は、

「あ、また笑った」

「笑ってません」

「ほんと？」

顔をかたむけ、横目で見るような仕草をする。隆彦は目をそらし、

「閲覧室へお戻りなさい」声がかすれている。「課題の対象はこれで明らかになりました。あとはレポートを作るだけ」

とたんに短大生は顔をしかめた。ページの束《たば》を指でつまんで厚みを測り、

「読むだけで時間切れよ」

「お忘れですか？　掲示板の但し書きを。ぜんぶ読む必要はないでしょう。抄録なんだもの、どこから読んでもいい。どこで読みさしてもいい。だから文語文入門として打ってつけなんです。それが先生の配慮なんでしょう」

「だとしても、どういう方向でやればいいのか。ぜんぜんわかんない。どうしよう」

ことさら深刻そうに言い、ふかぶかと溜息をついた。と同時にちらりと相手の反応をうかがう。あの短大の学生のこのあたりが抜け目ないところだと隆彦はまんざら感づかぬでもなかったけれど、舌はなめらかに、

「私なら原文に当たりますね」

「原文？」

「江戸随筆の。つまり『本朝世事談綺《ほんちようせじだんき》』なら『本朝世事談綺』、『甲子夜話《かつしやわ》』なら『甲子夜話』の翻刻本をひっぱり出して来るんです。この図書館にもありますよ。どちらもたし

か『日本随筆大成』に収められてる。それを見て、鷗外がほんとに正しく筆写したかどうか確かめる」

「文豪も、ときには私とおんなじように……」

「誤りも犯したかもしれません。が、より大きな問題は、意図して書き改めた箇所もあると思われることです。ところどころ西暦をさしはさむなどは典型例じゃないでしょうか。原文にそんなものあるはずがないのを、鷗外は、たぶん後日の便利のため、あえて記しとどめたのでしょう。もともと学習ノートにさほどの厳密を期す必要もないわけですし。あるいはまた、こういう可能性も考えられますね。彼はあんまり強固な文体のもちぬしだったため、ときおり他人の文章のはしばしを自分の気に入るように整えないではいられなかった」

「そういうことを学ばせたかったんですね、梨沢先生は」

「先生自身のお仕事の苦い記憶もありますし」

「校訂も一種の転写なんだ」

なかなかいいところに気がついた。隆彦はしっかりとうなずき、

「だからこそ先生は、あえて今年は『日本芸術史資料』を課題に選んだんですよ。『舞姫』とかの小説作品じゃなくて」

これで決まりと確信した。一刀両断、明朗決着。まあ「舞姫」や「高瀬舟」のように手軽に読めるものでないあたりが気になるといえば気になるが、鷗外の全集なんか全国どこの図書館にも置いてあるから、さほどの稀覯《きこう》というわけでもない。さぞかし相手は心のなかで喜んでいるだろう、事によったら、単位はいただき！　くらいの歓声はあげるかもしれないと期待ないし警戒したけれど、あにはからんや、反応はまったく逆。だらりと両腕を垂らし、みるみる顔を曇らせたのだ。片手をゆっくり口もとへ持ちあげつつ、小さな声で、

「育子」

「え？」

「転写で思い出した」なかば自分へ言い聞かせている。「あの子、学食の横のコーナーで私のルーズリーフをコピーしたんだった。私が写しまちがえたのを。雪美《ゆきみ》も、麻奈《まな》も。その麻奈のをトモちゃんがコンビニの機械で……」

「たいへんだ」

隆彦も言った。二次災害もいいところではないか。一犬《いっけん》虚を吠ゆれば万犬実《じつ》に伝う。現代の文明は機械の文明だ。その速度はおそらく鷗外その人の想像もつかないほどだろう。

「行って来ます！」

志織はバッグを肩にかけなおし、宣言した。体の向きを変えながら、「彼女たち、まだ学校にいるはずだから。すぐにここへ来るよう言わなきゃ。取り置いて下さいね。ほかの人に貸したりしちゃ駄目。ぜったい！」

からし色のクロス装をいとおしげに一なでするや、駆けだした。怱遽《そうきょ》の間《かん》の出来事だったので、隆彦はどういう声もかけてやることを得なかった。もっとも、かけたところで相手は恩に着たかどうか。なぜなら彼がそのとき思い浮かべたのは、図書館で走ってはいけませんとか、あなたひとりを特別あつかいすることはできませんとか、あるいはカードを作って貸出の手続きをすればいいじゃありませんかとか、自分でもあんまり野暮だとがっかりするような助言ばかりだったから。

その日、河合志織はふたたび来ることがなかった。彼女の悪友たちも。

4

日が過ぎた。

週末になり、週があけ、また土曜日が来ても彼女は来ない。情報のかけらも届かない。

それは隆彦にはたいそう歯がゆいことだった。たかがひとりの利用者のその後がこんなに気になるのは久しぶりだった。

もちろん、こんな焦慮それ自体がじつは従来の自分のスタイルから大きく逸脱していることに隆彦は気づいている。お客さんに対しては冷淡に接し、役人じみた応接に終始し、もって図書館員としての遺憾なる日常に耐える。その心がけをいまさら誤りとは思わない。完全に否定しようとも思わない。しかし同時に、隆彦は、自分があの日レファレンス・カウンターの担当者としての矩《のり》を踰《こ》えてしまったことも忘れられなかった。この仕事は本来、ちょうど岩波版『鷗外全集』の総目索引のようなものなのに。正しい場所へ人をみちびいたその瞬間、ご用済みになるべきものなのに。レポートの書きかたを遠まわしに――遠まわしでもないか――尋ねられ、つい勇み足してしまったのだ。ここは学生さんの勉強を手伝うところではありません。調べものを手伝うところですなどと大見得きった、わずか半時間後のこと。

であるからには、利用者には冷淡たれという従来の方針も、これを枉《ま》げることは今回にかぎり許されるだろう。というか、許してこそ真に行動に一貫性ありと称し得るのではないか。気がつけば、隆彦はそんなふうに考えるようになっていた。ないし、自分自身へ言い訳するように。

すなわち、そう言い訳した上でなければ、もう何日もあたためていた計画をこのさい断然実行することはできなかったのだ。計画とは、贅《ぜい》するまでもない、あのとき書かせた閉架図書の請求票をひっぱり出し、携帯電話へかけること。

かけた翌日、志織はあらわれた。前回からほぼ二週間後。試験期間が終わり、夏休みに入ったばかりの時期だった。階段をのぼりきり、まっしぐらにカウンターに来て、

「留守電、聞きました。イアリングなんか落としましたっけ？」

きょうの服はTシャツ一枚。ミントグリーンの地のまんなかに金色《きんいろ》の「GO NAKED」の字がぎらぎらと輝いている。

「あ」

と叫ぶと、隆彦は、ことさら眉を八の字にして見せ、

「申し訳ない。忘れ物をしたのは別の人でした。おなじ学校の学生さんだったから、うっかり」

「取りに来たんですか？」

「その人が？　ええ。きょうの午前中だったかな」

「ならどうして、その時点でもういちど連絡くれなかったの？　無駄足ふまずにすんだのに」

隆彦は言葉につまった。それは、その、と訳もわからず繰り返していると、

「ふーん」

志織は腕を組み、半身になり、じろじろ隆彦を眺める。隆彦はつい首をすくめてしまう。こちらは白いシャツに青いネクタイ。国語辞典の背のように気がきかないと自分のことながら隆彦は思った。

「レポートなら出しました」

志織のほうが切り出したので、隆彦はほっとした。そう不機嫌な様子でもない。

「レポート？　……ああ、鷗外の」

天を仰ぎ、ようやく思い出したふりをしたが、相手の反応は思いもよらぬものだった。

「違います」

「え？」

「鷗外のレポートなんか書いてたら、私、いまごろ落第確実ですよ」

「どういうことです？」

志織は腕をとき、顔を近づけた。自分だけが知るという情況をよろこぶ瞬間の、レモンの汁のはじけるような表情は、この年ごろの女の子にこそ似つかわしい。

「写しまちがいなんか、私、してなかったんですよ」

「え？」

「リンシン太郎は実在した。そして『日本文学史』という本を書いたんです」

林森太郎は、正しくはハヤシ・シンタロウと読む。徳島県生まれ、文学博士、ほぼ鷗外と同時代の人。京都の旧制三高を卒業し、そこの国語の教授になり、明治、大正、昭和にわたる約三十年間の在職の末に退職、そののちも学校史、同窓会史の編纂にかかわりを持った。いわば一生を三高に捧げたミスター三高というわけで、鷗外ほど有名ではないけれど、日本の知を支えた縁の下の力もちの大切なひとりには違いない。その証拠というわけでもないけれど、在任期間より推しはかれば、須田国太郎《すだくにたろう》、三好達治《みよしたつじ》、梶井基次郎《かじいもとじろう》、湯川《ゆかわ》秀樹《ひでき》というような人々がいまだ年少のころ、机にノートを広げ、鉛筆をにぎり、彼の授業を聞いた可能性がじゅうぶんある。

とはいえ林森太郎は、単なる地方の一教師ではない。博文館《はくぶんかん》、金港堂《きんこうどう》といった当時の東京の一流出版社から本を出し、全国的に名の知れた著作家でもあった。ただし、この点でも彼はやはり縁の下の力もちと呼ばれるべきかもしれないが。もっぱら『有職故実《ゆうそくこじつ》』や『落窪物語抄《おちくぼものがたりしょう》』のごとき概説書を書いたからだ。いずれもわりあい版を重ねたらしいところを見ると、あるいは市井《しせい》の読書人に迎えられたと同時に、各地の高校や大学などで教科書として用いられたものか。だとすれば、それを誰より先に用いた講師はきっと三高の林森太郎自身だったに違いない。けだし今回、K短大の梨沢先生の指定するところとなった『日本文学史』も、そうした一冊にほかならなかった。初刊は明治三十八年十二月。発行は博文館。

もっとも、以上の事実を知るため、隆彦はかなりの時間をかけなければならなかった。林森太郎についての一まとまりの記述は、調べたかぎり、どこにも存在しなかったからだ。隆彦はOPACを使ったり、三高の同窓会史『神陵小史』を卒読したり、より大部な同校の八十年史『神陵史』を参看《さんかん》したり、ついには新幹線で京都まで足を運んで京都大学大学文書館《ぶんしょかん》の門を叩いたりした。その挙句、ようやっと得られた断片をひとすじの線でつらぬいたのが右の記述というわけだ。したがって志織はこの時点では何も知らないに等しい。知っていたのは、五枚のレポートを出すために必要な最小限の情報だけだった。すなわち著者名、書名、およびその本文。

「その本を、あなたはどのように入手したんですか？　かんたんに手に入るものじゃないと思いますが」

と隆彦はやんわり尋ねつつ、椅子に座り、手もとの端末を操作する。ディスプレイに目を近づければ、やはりと言うべきだろう、この図書館も架蔵していない。というか、そもそも林森太郎を一冊も収めていない。

「簡単ですよ」

志織はなかば歌うように応じる。隆彦はその顔を見あげた。あごを得意そうに上へ向け、白い歯を見せている。その歯の奥にちらりと舌をひらめかせ、

「キーワードは、転写」

その口ぶりから、隆彦はたちまち察するところがあった。背もたれに背をあずけ、

「コピーか」

そう。あの日、志織はとつぜん走りだし、図書館を出てしまうと、いっさんに短大のラウンジに向かったのだった。ラウンジのかたすみでは四人の悪友がテーブルをかこみ、白い紙をさんざん散らかしつつ、活発にレポート用紙と格闘していた。志織はただちに中止するよう命令し、これこれの事情が判明したと早口で述べた。はじめに疑義を呈したのは例の育子だったという。四人とも鷗外なんか相手にしていなかったのだ。

「どうして？」

隆彦が問うと、

「あの子たちも、とっかかりの段階では不思議に思ったらしいんです。林森太郎、まぎらわしい名前だなあなんて。で、私とおなじように学校の図書館へ行って、コンピュータで検索して、ないとわかった。違うのはその先です。育子はじかに研究室へ行った。そしたら梨沢先生、一冊ぽんと渡してよこして、コピーして来なさいと」

「いや、そこまでは。数ページでも数十ページでも、興味あるところだけでいいと先生は言ったそうです」

「ああ、そうか。通読の必要はないと掲示板にもありました」

「はい。ただし、ほかの履修者もあるから、用が済んだら速やかに返却せよと」

すなわち林森太郎『日本文学史』は、そういう使いかたの可能な本だった。どこから読んでも、どこで読みさしてもいい、その点では例の鷗外のノートと性質がおなじ。実際、のちに隆彦は都内の某館へ出向いて現物を確かめたのだが、目次を見れば構成もそっくりと言っていい。全体が、太古、奈良朝、平安朝、鎌倉時代、室町時代、および江戸時代の六期に区分され、そのそれぞれが歌謡と散文の章にわけられ、さらに……という整然たる配列。

文章もなかなか巧みなものだ。もちろん鷗外ほどではないにしても、平易かつ的確、ときどき授業中の小さな表情の変化を思わせるようなユーモアもまじえて興趣に富む。一般に、こういう教科書の文体のよしあしは要約の手際にはっきり出るものだから、ここでは例を『落窪物語』のそれに採ろうか。放出はハナチイデと読み、母屋《もや》から張り出した部屋のこと。阿漕《あこぎ》は人名、ことさら悪い意味を含まない。

「一冊まるまる?」

落窪物語の趣向は継子いぢめの話なり。中納言なる人の娘継母に悪まれ、寝殿の放出に続ける一棟の落窪なる處に住はせられ、落窪の君と呼ばれて、暮しわびしを、阿漕と云ふ侍女の媒介により、左少将道頼と契り、遂に家を脱し、道頼と住みて栄え、心ねぢけたる継母も、後には徳を以て報いられて善に反り、世に愛すべき者は継子なりと云ふに至りし事を書き綴り、最後に阿漕典侍となりて二百までも生きたりと云ふは、流石に作物語なり。

維新以来の古本の山にこんな上手を掘り当てるあたり、炯眼《けいがん》というほかないが、あるいは梨沢先生はこの本を、鷗外を研究するうち自然と引き寄せたのかもしれない。さっきも述べたとおり、林森太郎と森林太郎はほぼ同時代人だし、したがって鷗外自身、この本に目を通した可能性があるからだ。

「だとしても」

隆彦はひとつ舌打ちすると、ボールペンを手にとり、キャップの先で卓面を打ちながら、

「何だって梨沢先生は、今年にかぎって、こんな罠にかけるような問題を。たしかに文語文に慣れるには適当だけれど……」

「むかしの苦労もあったそうですよ」

「え？」

「先生は授業で『はじめまして森鷗外』の校訂をした思い出にふれたでしょう。初心者のために神聖な本文に手を加えるのは不本意この上ないとか何とか。あれは単なる愚痴じゃなかったんです。育子がじかに先生から聞いたんですけど、ああいう一字一句にこだわる仕事、こだわりぬく仕事、それこそが学問としての文学研究のアルファでありオメガである、そんな主張も込めてたんです」

「その手はじめが、林と森との峻別《しゅんべつ》というわけか」

隆彦はつぶやくと、ボールペンを置き、頭をかいた。

「私はそこまで読めなかった」

「まったくですよ。おまけに、写し誤りなんて無実の罪まで私に着せて」

志織は語尾を強め、横目でにらみつけた。もっとも、その瞳は怒気《どき》のかけらも含まないし、声音もすぐに冗談とわかる。隆彦はすなおに頭をさげた。

「なまじレファレンス・カウンターに相談したりしなければ、寄り道せずに執筆に着手できたんですね」

志織は表情をゆるめ、手をふり、

「私も悪いんです、授業に出てなかったから。本が見つからなければ研究室へ来なさいって、先生、ちゃんと告知してたそうです」

「しかし、やはり……」

「それに」志織は含み笑いした。「結局はね、寄り道にはならなかったんですよ。お兄さんのところへ来たのは」

「お兄さん」隆彦は目をぱちぱちさせた。「あなたの？」

「違う違う」

大げさに顔をしかめると、志織ははっきり隆彦の鼻先へ人さし指を突きつけ、

「この、私の目の前にいる人。図書館のお兄さん」

隆彦は言葉を失った。その呼称には奇妙にあたたかな響きがあった。どういうわけか役得という言葉が頭に浮かぶ。何だか、館長よりも市長よりも偉い誰かにお年玉をもらったような感じだ。

「私が……どんな役に？」

と問うと、

「鷗外ですよ」志織は得意そうに明かした。「私、こんなふうに書いたんです。——鷗外全集第三十七巻は『日本芸術史資料』という勉強ノートを収めるが、鷗外がそこへつねに原文のまま抜書きしたとは限らない。江戸時代にはあり得ない西暦をところどころ挟んで

いるし、ひょっとしたら自分の文体の枠にはめこむ改変もほどこしたかもしれないからだ。今回のテーマの林森太郎『日本文学史』は、著者名や書名がそっくりだが、過去の文献の引用が多いという叙述のスタイルの面でもよく似ている。ということは読者としては、鷗外のときと同様、著者がどんな本文に拠ったか、何を参照したか、調べる努力を怠ってはいけないわけだ。ひじょうに難しい課題である。——そしたら先生、けっこう感心してくれたみたい」

「まさに一字一句へのこだわりの必要を説いたわけだ」

と隆彦が二度うなずくと、志織はちょっと舌を出し、

「時間がなかったから、十分前にお兄さんに聞いた内容をそのまま投げこんで偉そうにしただけ……あ」

電子音が鳴りだした。静かな館内のすみずみに空気の振動がいきわたる。志織は悪びれもせずバッグをひらき、ストラップをつまみ、携帯電話をひきずり出した。ボタンを押し、耳にあて、

「もしもし……もうこんな時間。ごめんごめん。いまから急いで」

話しつつ、こんどは蝶のかたちのサングラスを出してかけ、

「じゃーね」

と切ったところで、ようやく目の前の職員のおそろしい顔に気づいたようだ。

「ごめんなさい」

一瞬だけ申し訳なさそうな顔をしたかと思うと、ふりかえり、そそくさと階段のほうへ行ってしまう。きょうの靴はコルクの底のミュール。その背中へ、

「マナーモードにして下さいよ」

隆彦はそう棘《とげ》のある声をぶつけてから、少し考え、つけ加えた。

「こんど来るときは、さ」

赤い富士山

1

公民館も、ときにはつぶれる。

魚屋が店じまいするように、駅長が退職するように、そっと仕事を終えることがある。

「もったいないな」

和久山隆彦は軽トラックの運転台からすべり降りると、建物を見あげ、つぶやいた。

べつだん惜しむべき建物ではない。見た目はふつうの住宅とおなじ木造二階建てだし、しかもかなり傷《いた》んでいる。軒端《のきば》の瓦は欠け、雨樋《あまどい》はVの字なりに折れ、峰杉《みねすぎ》公民館と墨書された木の看板には雨《あま》じみが点々とするありさまだ。何しろ建物そのものは昭和三十一年（一九五六年）、つまり日本が国連に加盟した年の完成というから当然ではあるけれど、それにしてもまあよく、

「この秋の台風で吹き飛ばされなかったものだな」

隆彦はひとり感嘆の言を発しつつ玄関の前に立ち、ポケットから鍵を出し、鍵穴へ突っ込んだ。右にまわし、左へねじり、数分の格闘の挙句ようやく引戸をすべらせる。いちおう靴をぬいで上がりこめば、一階の集会室はすっかり畳が焼け、物置場と化していた。ハンマー、救急箱、軍手といった道具は消防団の備品でもあるのだろうが、隆彦はむろん気を払わない。本館からの出張者としての彼の用事は、廊下の奥のせまい階段をのぼった先にあるのだ。

二階に着いたところの左手、「N市立図書館分館」と記されたプラスチックの板の下のドアをあけると、そこは色あせた緑のカーペットの敷かれた長方形の部屋。もちろん誰もいない。かすかな軋《きし》みも大きく聞こえる。隆彦はまんなかへ進み、ぐるりを見わたした。四方の壁には白いスチール製の本棚がびっしり並べられている。全部で十二本。いまは半分以上がからっぽだけれど、かつてはポプラ社の『江戸川乱歩少年探偵全集』、学研のまんが「ひみつ」シリーズ、偕成社のノンタンもの、岩波少年文庫のドリトル先生シリーズ、福音館書店の『エルマーのぼうけん』などが収められていた。そう、名目は図書館分館ながら、実質はまったく児童図書室だったのだ。

往時のにぎわいは格別だったという。とりわけ分館の開設からまもない昭和五十五年(一九八〇年)、いわゆる第二次ベビーブーム期に生まれた子供が就学年齢に達したころには。隆彦は目を閉じ、そのありようを想像してみた。静かに読みふける子もいただろう、騒いで職員に叱られた子もいただろう。もっぱら借出と返却のために来る子もいたに違いない。来れば当然いちどきに四冊も五冊も持ち帰ったろうから、彼女ないし彼は、あるいは中学校へ上がる前にすべて征服してしまったかもしれない。予備調査によれば蔵書は四百冊強、決して不可能ではないはずだ。

ひとりで来るとは限らない。たとえば姉妹。小学三年生と幼稚園児というような。お姉さんは東側の窓の下へまず向かうだろう。そこには背の低い木製の本棚がふたつあり、絵本だけが収められているから、適当に一冊ぬきとり——きっと『だるまちゃんとかみなりちゃん』だ——、妹にあてがってやるだろう。妹はほんとは声に出して読んでほしいのだけれど、お姉さんはもう自分の本に夢中だから言い出せない。つまんないなあと思ったろうか。案外そうでもないかも。床にべったり座りこみ、いいかげんに絵本のページに目を近づけたり、それを手でなでたりするうち、何だか姉とおなじ知性に達した気になったりもして。きちんと椅子に腰かけ、机に対するのもかなわないくせに。

いや。その点は小学生もあまり変わらないのかもしれない。自分もそうだった。大学生になるまで端然として書に向かうなんてしたことがない。もっとも自分の家のそばにはこんな施設はなかったけれど。あったらそれこそ通いつめ、全冊制覇してやったのに。

「もったいない」

隆彦は目をあけ、ふたたび独語した。思いがけず声がうつろに響く。建物そのものは惜しいとは思わないが、子供たちの成長のよすがが失われるのは惜しい。が、自分はいま、その失うほうに一役も二役も買っている。

「なら、帰れ」

「わ！」

不意打ちもいいところだ。隆彦は胸に手をあて、ふりかえった。入口から一歩ふみこんだカーペットの上にひとりの紳士が立ち、好意的でない視線をこちらへ投げてよこす。年のころ六十前後か。隆彦はひとつ咳払いしたのち、まるで何もなかったかのように表情のない顔を作り、

「何か？」

「どうせ解体業者の手先か何かなのだろう」

紳士は腕を組み、いっそう厳《いか》めしい口調になり、

「帰れと言ったんだ。もったいないと思うなら」

「それは私個人の感想です。市立図書館の職員としては、残念ながら、閉館やむなしと考えるほかないのも事実なんです。もう何年ものあいだ、事実上の休眠状態にあったと聞い

ていますから」

「図書館の人か」

相手が目を見ひらいた。隆彦はうなずき、体を相手に正対《せいたい》させ、

「建物のとりこわしが始まる前に本をぜんぶ運び出す。それが私の仕事です」

「運び出したら？」

「本館へ」

とたんに紳士の表情がゆるんだ。処分が目的ではないとわかり、安心したのに違いない。

彼はななめ上へ顔を向け、目をほそめ、手でループタイの琥珀《こはく》色の留具《とめぐ》をもてあそびつつ、

「ここに入りびたってたんだ、子供のころ。いまはこんなに黴《かび》臭いし、ほこりだらけだけど、あのころは壁も机もぴかぴか輝いてた。開館して二、三年だからね。友達もたくさんいたし、職員も常駐してた。嘱託だったんだろうけど。本もつぎつぎに新しいのが来て、そう、あのインクの匂いときたら……」

「お気持ちはわかります」

と隆彦がきっぱり話をさえぎったのは、年寄りの思い出話を忌避《きひ》したからではない。さっさと作業にかかりたいからでもない。あんまり耳をかたむけたら自分がいよいよ悪人になると恐れたせいだ。紳士はなお口のなかで感傷的な文句を吟《ぎん》じていたが、

またしても言うと、こんどはゆっくり近づいて来た。足をふみしめるたび、カーペットの下の床がきしみをあげる。隆彦の目の前で立ちどまり、

「図書館の人か」

「え？」

「赤い富士山」

「そういう題の本が、という意味ですか？」

「赤い富士山があったでしょう」

「題は違う……忘れた。しかし表紙にそれがあったのは間違いない。表紙いっぱいに」

「わかりません」

「わからない？」

「見て下さい」

隆彦は一歩さがり、ぐるりを手で示し、

「本棚はもう八割方からっぽでしょう。先週の木曜日、すでに職員がふたり来てるんです。思いのほか嵩《かさ》があり、段ボールの箱が不足したため、残りの二割はきょうに持ち越しにしました。きょうは私ひとり」

「泥棒」

「泥棒？」

隆彦は目を剝《む》いた。相手もおなじように上下にまぶたを広げ、つばを飛ばし、

「そうじゃないか。私個人のものまで」

「……つまり？」

「だから、たしか小学五年生のときだったが、私はここに自分の本を持って来たのだ。書店で買った新刊本だった。友達にも勧めたくてというか、まあ自慢したかった」

「そのまんま置き忘れたんですね」

「定着したと呼んでくれ。実際、ひっぱりだこだったんだ。私の友達はたいてい作り話なんかに興味なかったから。私もそうだ。技術系、工業系の本が好きだった」

「じゃあ小説とかでは……」

「ない。ともあれ、もしいまも残っているなら、当然、もとの持ちぬしに返却するべきだろう」

「無茶な」

と、隆彦は言おうとしたし、半年前なら迷わず言ったに違いない。いいですか。そんな申し出をいったん認めたら、ほかの人のおなじ要求をこばむ理由がなくなるんです。ここにある本はみなN市の予算で購入したもの、れっきとした公の財産なんですよ。みだり

に所有権を主張するそちらのほうこそ略取の企図ありと見なさざるを得ませんね。うんぬん。

しかし、いまは違う。あるいはこれが世故《せこ》に長《た》けるというやつなのかもしれないが、こんな場合の適切かつ穏当な対処をすんなり思いつくようになった。

「探すだけは探してみましょう。本館に戻ったら」

「……いいの？」

相手が目をしばたたいたのを見て、やはりと隆彦は思った。もともと横車を押すことが目的ではないのだ。単にこちらの助力が得たいだけ。

「じつを言うと」

隆彦はやわらかな口調になり、右手をひろげて胸にあて、

「私は本来レファレンス・カウンター担当なんです。もしここが本館のなかなら、私の仕事はまさに要望を受けて本を探すこと」

「意外と……話がわかるな」

と小声ながら紳士がたしかに反応したのは、隆彦にはなかなか愉快なことだったけれど、顔には出さず、

「私が、ではありません」少しぶっきらぼうに答えた。「図書館が、です」

「見つけたら連絡をくれるのかね？」

「はい、お電話で」

「ありがたい。電話をもらったら、その日のうちにうかがうよ」

「ただ多少お時間をいただかねばならないと思いますが。この部屋の図書に関する情報はまだコンピューターに入力されていないため、一冊一冊、現物にしらみつぶしに当たるほかない」

「かまわないよ。赤い富士山だよ」

念を押すので、こちらも念を押すつもりで、

「青い、じゃなくて？」

「赤い。間違いない」

隆彦はどう返事していいかわからず、ただ首をひねるばかり。

2

「簡単じゃありませんか」

藤崎《ふじさき》沙理《さり》はテーブルの上にお弁当箱を置き、あきれ顔をして、

「まさか和久山さんが、こんな質問に踏み迷うとは」

「うん、まあ」

隆彦は言葉を濁すと、鯵《あじ》のフライを箸でつまみあげ、もっそりと噛《か》んだ。沙理はいっそう唇をとがらし、

「そのおじさん……鳥沢《とりさわ》さんでしたっけ」

「鳥沢嗣春《つぐはる》」

「その人、その後けっこう詳しく思い出したんでしょう？　表紙の絵がどんなだったか。頂上のへんに白い雪が残ってて」

「そう」

「山のかたちは少し縦長」

「うん」

「そうして裾野はよく見えない。何かで隠されていたと思う。……どう考えても北斎《ほくさい》じゃありませんか」

沙理はそう断言すると、ふたたび青いプラスチックのお弁当箱をとりあげた。白いごはんを三口《みくち》つづけて口へ放りこみ、マグカップの温かいほうじ茶でいっきに喉の奥へ流しこむ。就職して二年目、市内の実家から通う二十四歳のお昼の糧《かて》は、毎朝たらちねの母親が

心をつくして調《ととの》えると聞くけれど、母ははたして愛娘《まなむすめ》のこんな感謝のかけらもない聞こし召しぶりを知っているのかと隆彦はよけいなことを考えた。むしろ連日、職場のそばの弁当屋で買ってしまう自分のほうが一品一品《ひとしな》ていねいに頂いているのではないか。

もっともまあ、沙理がいつもそんなふうか否かを隆彦は知らないのだが。というのも、彼女とふたりで食事をとる機会はじつは滅多にないのだ。持ち場が違うから休憩時間もたいてい違うし、たまたま同一になっても、ほかにひとりかふたり、この三階の職員専用の休憩室に来あわせる。

「北斎だね」

隆彦はほとんど自動的に応じると、テーブルに置いたままの容器からこんどはポスト・イットのように薄い沢庵《たくあん》をとり、舌にのせた。

むろん、彼女の言いたいことは理解できる。探索の参考にと鳥沢さんから聞きこんだ図像的特徴を総合すれば、どんなに想像力が貧しかろうと葛飾《かつしか》北斎「凱風《がいふう》快晴」を思い浮かべないわけにはいかないからだ。通称ずばり「赤富士」。それは揃物《そろいもの》「富嶽三十六景」全四十六枚——名称と実数は違う——のなかでも一、二をあらそう秀作であり、北斎ひとりの代表作たるにとどまらず、江戸三百年を通じての浮世絵の代表的存在といまや目《もく》されて異論をさしはさまれること稀《まれ》な作品だ。が、それだけに、

「私もその場で思いついたよ」隆彦は顔をあげた。「反射的にね。そうして聞き返した」

「そしたら、違うと？」

「浮世絵なんかじゃなかった、写真だったって言うんだ」

「写真」

玉子焼を口に入れようとしたそのままの姿勢で静止した沙理へ、隆彦は、

「つまり自然現象として富士が赤色《あかいろ》に染まる、そのさまを撮影したもの」

「そんな現象、あるわけない」

「おいおい」

こんどは隆彦があきれ顔をする番だ。

「調査相談課に配属されたかったら、そう言いきる前にすることがあるんじゃないか？」

沙理はとたんに真剣な顔になり、

「レファレンス・カウンターの職員は誰よりもレファレンス・ブックを使いこなさねばならない、ですね」

「そう。今回の場合は『広辞苑』第五版からだ。その『赤富士』の項目を見れば、たしかに富士山はそうなるらしい。早朝、太陽の光を受けるとね。夏の季語にもなっている。この事実がわかれば、次に地学や気象学の本をあたるのは当然だね」

　この現象の起きるためには、太陽と山のそれぞれが条件を満たさねばならない。太陽のほうは地平線付近にあることだ。地平線付近から発せられた陽光は、高天《こうてん》からのそれに比べ、より長い時間をかけて地球大気をくぐり抜けなければならない。陽光は元来、白い。それはじつは無数の色の光がまじりあった結果としての白であり、分光器にかければ虹のような美しいスペクトルの得られるのは誰もが知るとおりだ。このうち紫とか青とかいう波長の短い光は、あんまり長いこと地球大気のなかを走ると、いろいろの分子――窒素やら水やらオゾンやら――にぶつかり、散乱し、地表に届かぬうちに見えなくなってしまう。反対に、オレンジとか赤とかいう波長の長い光はそういう影響をさほど受けないまま地表に達するため、これがすなわち人間の側から見るときの明け方の太陽の色になるわけだ。ちなみに太陽が天に冲《ちゆう》するときは、大気を通過する距離が短いため、紫とか青とかは散乱しつつもしっかり地表に届いてしまう。だから逆に、空をすっかり覆うわけだ。

　しかしながら、ただ陽光が赤いだけでは山は赤らまない。赤筑波《つくば》や赤穂高《ほたか》などという言葉を耳にした人はないだろう。そこで次は、富士山において特殊な条件を見いださねばならないわけだが、富士山は、旭暉《きよつき》をいわば生《き》のまま照り返すだけの性質をいくつも備えていた。第一に、山そのものが背が高い。第二に、まわりに遮蔽物《しやへいぶつ》――とりわけ山――がない。第三に、頂角がゆるやかであり、より広い面において受光することができる。第四に、山肌がなめらかで隈《くま》ができにくい。……俗に「三拍子そろう」というけれど、これほどの具合のいい山がほかにどれだけ存在しようか。もちろんこの現象は、原理的には明け方のみならず暮れ方にも起こり得る。が、朝日とは違い、夕日はやはり興隆よりも衰亡のしるしという気配が濃いぶん、見るほうに鮮やかな印象を残しにくいのだろう。

「危ないところだった」

と、沙理はお箸をにぎりしめ、あたかも自分自身が相談を受けたかのように溜息をつく。

隆彦はおぼえず笑みをもらし、

「まあ、私もここから先は手をつけてないんだけどね。ミッフィーちゃんの上」

言い終わらぬうち、しまったと我ながら反省した。予想どおり沙理はきゅうに目つきを鋭くし、

「もう誰かに割り振りましたか、その仕事?」

ほとんど詰問した。ミッフィーちゃんというのは最近の一部職員のあいだの隠語であり、地階の閉架書庫の南西のすみ、そこだけ本棚の立てられていない四畳半ほどの広さの場所をさす。いまは例の分館から二度にわけて運びこんだ合計十二個の段ボール箱が積んであるのだが、それに先立ち床を傷つけないようレジャーシートを敷いておいた、そのレジャーシートにかの愛らしい兎のキャラクターの顔がでかでかと刷られていることから定着し

た言葉だ。副館長の自宅のお古を持って来るからこんなことにもなるわけだ。隆彦はいきおい言い訳じみた口調になり、

「いや、楢本《ならもと》さんといっしょに……」

もうひとりの調査相談課の職員の名を挙げた。と、沙理は、棋士が駒を打つような音を立ててお箸を置き、

「私がします」

「おいおい」

「和久山さんは通常業務だけでも多忙をきわめる」

「それほどでも」

「私には勝算があります。それに」

「それに?」

「わたくしの肩書をお忘れですか? 図書課、児童書担当」

早いとこ異動したいって普段から言ってるじゃないか。隆彦はそう突っ込もうとしたが、よした。ひとたび情熱のライトが点灯するとふたたび消すのは他人にも本人にも困難なのが藤崎沙理という人間であることを、隆彦はもう嫌というほど知っているせいだ。

べつだん児童書コーナーそのものに不満があるわけではないらしい。むしろ好意的な感

想すら述べたこともある。いわく、配架や貸出はやはり一般書のそれと比べれば遥かに骨が折れない、週に一度の読み聞かせ会もけっこう気持ちにめりはりがつく。しいて難を挙げるなら、持ち場そのものが一階の正面玄関のすぐ右手にあるため、たえず往来する人の目にさらされて落ち着かないことだけれど、それとても来た子供をなるべく歩き疲れさせないための開館当初よりの配慮と知れば我慢できる。なかなか理解は深いのだ。

そんな彼女が転属を望むのは、つまりは大人の関心に対峙《たいじ》したい気持ちが強いのだろう。隆彦はそう見ていた。学芸のあれこれを見、人生のいろいろを経て来た成熟した知性のサポートをしたい、そのことで自分自身も世の中のもっと奥深いところを学びたい。むろん隆彦としては、そんな神聖視に対しては実務者の立場からこまごま助言してやりたい気もないではないのだが、それはそれとして、やはり若いみずみずしい向上心に接すれば渋面を作る理由はあるはずもなかった。

そんなわけで隆彦は、たぶん彼女はさほど日数をかけずに四百冊ぜんぶ検《けん》してしまうだろうと予想した。まさしく大人の要望に応えられる喜びももちろんだが、何よりおのが力量を館内諸職へ宣伝するための恰好の機会ととらえるに違いないからだ。実際、この予想は的中したが、それでもさすがに、

「終わりました」

と言われたのが三日後だったのには驚いた。

「……もう？」

「はい」

二階のレファレンス・カウンターの受持ちを楢本さんに譲り、ドアをあけ、職員専用の階段の踊り場へ出たところで袖を引かれた。隆彦は立ちどまり、目をまんまるにし、

「残業したの？」

「してません」

がらんとした空間に、沙理の声が響きわたる。

「ちょっとずつ時間をひねり出したんです。お昼休みの五十五分をあてたりとか」

「残りの五分で……」

「もちろん」沙理はとてもいい笑顔を見せた。「ごはん」

隆彦はつかのま瞑目《めいもく》し、会ったことのない彼女の母親へ心のなかで三度お詫びの言葉をとなえてから、

「で、結果は？」

ふたたび目をあけ、姿勢をただした。とたんに沙理は眉じりを下げ、

「ありませんでした」

「やっぱり」隆彦は腕を組む。「赤い富士山だなんて、そんな印象の強い写真があったら運び出しの作業のとき記憶のすみっこに引っかかりそうなものだと思ってたんだが。勝算があると言ってたのは？」

「太宰治《だざいおさむ》の『富嶽百景』じゃないかと。短篇だし太宰治だから、きっと子供むけの版が……」

「でも、なかった」

沙理は唇をとがらし、

「嘘ついてたんだ」

隆彦は意味がわからず、

「……太宰が？」

「鳥沢さんがですよ、もちろん」

沙理は唇をとがらし、臙脂《えんじ》色の靴のつま先でリノリウムの床を蹴り、

「子供のころ通いつめた施設がとりこわされるんで、腹いせに、ありもしない本を探させた」

隆彦は体の向きを変え、ゆっくり階段を降りはじめた。沙理はあとに続きつつ、なお、

「そうよ。そうに決まってます。だいたい鳥沢さん、もう五十八なんでしょう。その年で、

平日の昼日中《ひるひなか》から」

「早期の希望退職に応じたんだそうだ」

「それにしても無人の公民館へのりこんで来るなんて」

「日課の散歩をしてたらしい。散歩のたびついつい足が向いてしまうと言ってた」

「むやみに肩を持ちますね」

「どっちにしてもおんなじだよ。かんじんの本がないんじゃあ」

隆彦は、踊り場でくるりと体の向きを変えてから、

「もっとも、だからと言って『ありませんでした』では済ませられないのがレファレンス・カウンターの仕事なんだが」

「その結論に至るまでの探索経路をきちんと説明しなければならない、ですね」

よく勉強してるでしょとでも言いたげな、得意そうな声が飛んで来た。隆彦はうなずいた。そう、彼がいま例の場所をさして足を動かすのも、実際そのためにほかならないのだ。

鳥沢さんが来たとき納得してもらうだけの材料をあらかじめ仕入れておく。

地階に着くと正面と右手のそれぞれに鉄扉《てつぴ》が立ちはだかるので、右手のほうをひらき、閉架書庫にふみこんだ。書庫内にはクリーム色のスチール製本棚がずらりと連なっており、古い書物のにおいが甘やかにただよう。そのなかを、先輩と後輩はさらに進軍しつづける。

「じつは一冊だけ」

沙理がうしろから遠慮がちに声をかけた。隆彦は前を向いたまま、

「何が？」

「鳥沢さんの本。ひょっとしたら、あり得るかなって」

「ほう。タイトルは？」

「教えません」

「え？」

隆彦がきゅうに停止したため、沙理はあやうく彼の背中に鼻先をぶつけそうになった。

隆彦がまるで提灯《ちょうちん》のおばけに出くわしたみたいな顔でゆっくり振り返るのへ、

「鳥沢さんが来館したら、私に説明させて下さい」

「藤崎さん」隆彦は目だけで天を仰いだ。「君は調査相談課に所属していない」

「でも児童書は担当してます。不適当じゃないと思いますけど」

軽い口ぶりを装うけれど、顔つきは真剣だ。どうやら、いつ切り出そうかと時機をうかがっていたらしい。

「しかし、そもそも分館で話を聞いたのは……」

と、隆彦はなおあらがう。沙理はいよいよ声を励まし、

「ふだんでも和久山さん、児童書のほうへ利用者をさしまわすことがあるじゃありませんか」

隆彦は言葉につまった。

N市立図書館においては、児童書コーナーは一種の独立国の様相を呈している。独自の貸出・返却カウンターを持ち、独自のイベントの企画を立て――読み聞かせ会はその一例――、むろん児童書に関してのみだが利用者の調査相談にもその場で応じる。機能の性質を考えると、ほかのかなりの公共図書館でも同様だろう。となれば、なるほど、隆彦がこのとき言い返せなかったのも理由はあった。早い話、もし鳥沢さんがあんな特殊な情況下で相談して来たのでなかったら、もしこの本館の二階のレファレンス・カウンターを訪れて、単純に、

「子供のころ読んだ本が読みたい」

と要求したとしたら、隆彦は、

「それなら児童書コーナーへ」

と答えていた可能性が高いのだ。沙理はかならずしも無理難題をふっかけていない。

「わかった」隆彦は溜息をついた。「課長に話しておこう」

沙理が顔をほころばせるのへ、

「ただし私も立ち会う。そもそも話を聞いたのは私だからね」

「口は出さない？」

と聞き返され、隆彦はさっきより深い溜息をつき、

「約束する」力なくうなずいた。「だから教えてくれないかな、その本がいったい何なのか。予行演習のつもりで」

「わかりました」

沙理はみょうに初々《ういうい》しい返事をすると、隆彦の脇をすり抜け、ひとり大手をふって歩いていってしまう。隆彦はあわてて体の向きを変え、あとを追いはじめた。前衛と後衛のいれかわったまま行軍すること三十秒、たどり着いたのは色あざやかなレジャーシートの敷かれた広やかな一角。そこここに寝ているミッフィーちゃんを圧するかたちで十二個の段ボール箱が積まれている。上段に六個、下段に六個。箱の色が濃いので巨大な板チョコに見えないこともない。

「きれいに整理したね」

と隆彦はほめようとしたが、板チョコの手前にふたりの男が立っていたため、

「あ、館長」

そのうち背の低いほうへ呼びかけた。相手はふりかえり、初老の目じりに円満なしわを

刻んで、

「やあ」

「こんなところで何を？」

隆彦はそう語を継ごうとしたけれど、館長のほうが先《さき》んじて、

「こちらは次期の副館長さんだ。着任にそなえ、ひととおり見学をね」

と紹介しながら、となりの男のほうへ手をやった。となりの男は、

「潟田直次《かただなおつぐ》と申します」

とお辞儀をしたが、それはお座なりでもなく馬鹿丁寧でもない、とても好ましい身ごなしだった。体がまるで槍のように細く、そのくせ華奢《きゃしゃ》な感じがしないせいもあるかもしれない。隆彦も急いで、

「調査相談課の、和久山です」

と一礼したけれど、頭をあげた刹那《せつな》、やはり段ボールを気にしないわけにはいかなかった。この視線のゆれに、どうやら相手は気づいたようだ。館長のほうを向き、

「業務の邪魔をしてはいけませんな。ほかの場所を……」

「じゃあ、開架のほうへ行きましょうか」

館長がにこにことうなずき、潟田とともに行ってしまうと、隆彦のななめうしろに隠れ

るように立っていた沙理がぴょんと横に出て、

「図書館の仕事によっぽど深い理解があるんですね」

「あの新しい人が？　どうして？」

「どうせ着任は四月一日でしょう。いまは十二月。まだ年も改まらないうちに現場を見に来るんですよ」

「ああ、そうか」

「興味ないみたいですね、和久山さん」

「上のほうの人事がどうなろうと、本さがしには関係ないさ」

隆彦はそっけなく言ってから、足をとんと踏み鳴らし、

「それより、例の本は？」

「はい！」

沙理は、我に返ったみたいに目を見ひらき、段ボールの壁に近づくと、

「これです」

沙理は、上段の箱の上の一冊の本を指さした。表紙が写真であることからもわかるとおり、絵本では決してないのに、隆彦が顔を近づけ、

「……絵本？」

つい言葉をもらしたのは、たぶん判型のせいだったろう。A4判、横長、ハードカバー。とりわけ横に長いというのは普通の本にはなかなかない。もっとも面取りまではしていないが。隆彦は手にとり、

「新幹線か」

目を見ひらいた。

おぼえがある。分館から持ち運ぶさい、たしかに自分が本棚から抜いて箱に収めたものだ。なるほど、富士山……あの日本一高い山とこの世界一速い列車のあいだにこんな関係性を認めるとは、沙理の洞察力もまんざらでない。

「どうです？」

沙理の含み笑いが聞こえた。けっこう自信があるようだ。隆彦はそれへ直接、返答するかわりに、

「鳥沢さんへ電話しよう」

3

けれども鳥沢さんは、その日には来なかった。

「ややあ。すいませんな」

翌日に来た。この前とおなじループタイの琥珀色の留具をいじりながら、

「六本木ヒルズに行ってたものだから」

悪びれもせず打ち明けたことは、隆彦をつかのま白けた気分にさせた。ここは山奥ではない。新宿から各駅停車でも一時間強しかかからない郊外なのだ。しかもきのうは夜七時まで開館していた。どれほど遊びに熱中していても、来ようと思えば来られない理由はなかろう。畢竟《ひっきょう》この人もただの思いつきで相談したにすぎなかったか。もっとも、同時に、隆彦のほうも若干うしろめたさを感じずにいられない。百パーセント間違いない解答を用意し得なかったこともあるし、それをこれから自分ではない人間に説明させることもあるし。

「で、どうでした？」

カウンターの向こうの鳥沢さんが屈託なしに水を向ける。と、隆彦のうしろから、その自分ではない人間がにわかに出て来てとなりに立ち、

「児童書担当の藤崎と申します。あの、残念ながら……」

と切り出しただけでもう鳥沢さんの目から活気が失せてしまう。逆に、沙理の顔はしだいに赤らみだす。

「おっしゃるような表紙の本はありませんでした」ほとんど喜びに満ちているかのよう。

「分館の蔵書をすべて、残らず、一冊の見落としもなく点検したんですが。富士山がというより、そもそも風景写真ないし風景画を表紙に使う本がなかったんです、ほとんど」

「はあ」

「早い話、どの本にも人の顔が載るんですね。あるいは擬人化された動物やおばけの顔が。そうじゃないと書店で子供の目を引けないということでしょう」

その傾向はこのごろ決して児童書のみのものでない気もしますが、と隆彦は横から意見をさしはさみたい気持ちをようよう押し殺しつつ、木製のカウンターの上に両手を置き、後輩と利用者との顔を見くらべる。

「人の顔のない一にぎりの本も」沙理はつづけた。「まあ風景写真ないし風景画ということになりましょうが、子供の心に訴えようと努める点では変わりがありません。暗い森とか、ぎらぎら輝くお陽さまとか。もちろん赤い富士山だって、じゅうぶんインパクトを与え得るとは思いますが、今回は……」

「手間をおかけしましたな」

鳥沢さんは視線を下へ向けた。沙理へというより、なかば自分自身へ言い聞かせるみたいに、

「やはり五十年ちかくも前の本をいまさら掘り起こそうというのが……」

「それほど前なら」

「何か？」

鳥沢さんが顔をあげたのへ、沙理は、

「ひょっとしたら、ご記憶ちがいがあるのかもしれませんが……」

と語尾をかき消し、上目づかいに相手をうかがう。そうかもしれませんと相手が答えたのに意を強くしたか、きゅうに堂々たる口調になり、

「その可能性を含めるなら、一冊だけ。これです」

さっきからカウンターの下でしっかり持っていた本をさしだした。もちろん表紙を上にして、まるで表彰状を渡すみたいに。

タイトルは『新幹線　夢の超特急』だ。まんなかやや上に赤い明朝体でかっちり横書きされており、左肩につつましく「シリーズ東京の旅　第17巻」とある。版元は嶺雲堂《れいうん》。鳥沢さんは身をそらし、

「これだ！」

と喜色をあらわしたが、直後に眉をひそめ、

「これじゃない」

「よく見て下さい」

沙理は本を奪い返し、カウンターの上へ置き、ページを繰って示しはじめる。それからの説明はいっそう力が入り、ときに不器用を丸出しにしたけれど、総じて要を得ていると隆彦には感じられた。いわく、主題は新幹線であり、本文にも写真がふんだんに掲げられている。食堂車の様子、運転指令室の仕事ぶり、針がぴったり二一〇の目盛りを指したスピードメーター、東京駅のホームに停車中の車両の行先《ゆきさき》表示板……もちろんイラストも多い。とりわけ路線図とか台車の構造図とかには大きな絵を用い、わかりやすく解き明かしてある。必然的に、文章はその添えものの域にとどまるため、全体としては読むよりは見ることの楽しみに資する性格が濃い。

「だからこの判型を採用したんですよ。縦長だと写真や図の配置があまり自由にならないから。聞くところでは、鳥沢さんのまわりには作り話よりも技術系、工業系の本が好きな子のほうが多かったんですね。となれば、この本こそひっぱりだこの人気を得るにふさわしいし」

沙理はだんだん声を大きくしつつ、音を立ててページを閉じ、ふたたび表紙をあらわした。中央下部を横一直線に走るのはもちろん現在の車両ではない。カモノハシの顔もしていないし、側面にＪＲのロゴも入っていない。いわゆる初代の0《ゼロ》系車両、鼻も目もまんまるの芋虫型だ。いまでは愛らしい、なつかしいとしか感じられないけれど、当時の人々の目には、かっこいい、最先端のデザインだったのだろう。

「勉強になりました」沙理はつづける。「無機的な構造物は、ときに人の顔にも負けないくらい強く目を引くんですね、とりわけ男の子の。でもこの場合は、ほら、背景に富士山。うっすらとだけど、たしかに左右対称に近い輪郭を描いています。てっぺんも白い。思うんですけど、鳥沢さんのおっしゃる赤い富士山はこれなんじゃないでしょうか。図像の面積からしたら新幹線より大きいし、それに、タイトルの字の色は赤。むかしはもっと鮮やかだったはずですよね、いまは褪《あ》せてますが。このふたつの要素がいつしか思い出のなかで一体化し、しっかりと……」

「奥付を」

「え？」

「奥付をご覧なさい」

沙理は二、三度まばたきをしたのち、言われるまま最後のページをひらいた。かすれ声になり、

「初版……昭和三十九年」

「もう十五になってる」紳士が声を落とした。「お嬢さんには三十年代の前半も後半もお

なじだろうが、私にはぜんぜん違う。いくら何でも、あの分館からは卒業してる年だ」

沙理はもちろん、隆彦も返す言葉がない。

しばしの沈黙ののち、鳥沢さんが口をひらいた。話しぶりの穏やかなぶん、かえって隆彦には息苦しく感じられた。沙理もおなじだったろう。

「お願いします。こんどの土曜日、米沢《よねざわ》に嫁いだ姉がうちへ遊びに来るんです。彼女には一年ぶりの帰省だ。分館の閉館を知ったら、きっとがっかりするでしょう。そのとき、あの本があったらどんなにいいか。私はそう考えてたんです。あの本は、じつは姉がはじめて私に買ってくれたものなんですよ。彼女のお小遣いから」

なら六本木なんかで遊んでる場合じゃないでしょうとはまさか言い返せない。隆彦は返事を案じた。うまく案じられないでいるうち、沙理のほうが、

「はい」

首を縦にふり、あまつさえ、

「かならず見つけ出します」

と言ってしまった。小さい声で、けれどもはっきり。

「すいません！」

沙理はほとんど膝のところまで頭をさげた。さげたまま、床に向かい、

「あの本の表紙と中身でどう鳥沢さんを説得するか、そればかり考えてしまって……我ながら嫌になります。こんな当たり前のことを」

「私が悪い」隆彦も目を伏せた。「私自身が奥付を確かめなければいけなかった」

単なる慰めではない。若い女の子にかっこいいところを見せようという魂胆でもない。そういう要素もほんの少しはあるかもしれないけれど、基本的には隆彦は心底そう認めていた。調べものの能力というのは日ごろの訓練に負うところがきわめて大きく、その点でスポーツまたは職人仕事に近いからだ。ほかならぬ隆彦が、はじめのうちはさんざんだった。吉田満《よしだみつる》『戦艦大和ノ最期』が読みたいというリクエストを受けて吉村昭《よしむらあきら》『戦艦武蔵』をさしだしてしまったり（しかも文庫版）、あるいは『ギリシア奇談集』の著者アイリアノスと『アレクサンドロス大王東征記』の著者アッリアノスは同一人物ですよと断言してしまったり。すなわち経験のあるなしが決定的に事を左右するのがこの現場である以上、

4

こういう場合、先達の責任はとても重いことになる。が、それはそれとして、

「よけいな発言がひとつあったね」

隆彦は言い、にらんで見せた。沙理はいったん持ちあげた首をふたたび垂れ、

「はい」

「かならず見つけ出すなんて、そんな約束しちゃいけない。児童書コーナーでもおなじだろ。ましてや今回はもう見込みがないに等しいんだし」

「お姉さんの話を聞いたら、つい何とか……」

何とかしてあげたくなって、とでも言おうとしたのだろうが、声が弱まり、隆彦の耳には届かない。

この日ばかりではない。あれから二日間、沙理の花はすっかりしぼんでしまっていた。口数は少ないし、足音は引きずるようだし、絵本を書架へ戻す手つきも機械的だった。あんな彼女ははじめてだ、人によっては失恋の痛手と早合点するのではないかと隆彦は遠目に見つつ感じていたところだったから、この日の午後、なかばむりやり彼女の袖を引き、閉架書庫の例のミッフィーちゃんへと導いたのは、彼自身ふだんなかなか発揮しない積極性を発揮したことだった。段ボールの積みようは二日前よりも乱れており、上段に五つ、下段に七つ、しかも十数冊がレジャーシートの上にこぼれたままになっている。おそらく

沙理はあらためて探りの手を入れたものの、結果が得られず、それきり足が遠のいてしまったのだろう。

「ともあれ」

隆彦はひとまず話を打ち切り、レジャーシートのすみを靴の先でもてあそびつつ、

「鳥沢さんは土曜日に来る。あしただ。こんどは遅れないと言ってた。よほど上手に説得しなきゃ、穏やかに引き取ってはもらえない」

なかば自分自身へ聞かせ、段ボールの上の一冊をとりあげた。ひっくり返せばタイトルは『新幹線　夢の超特急』。こんなところに出しておくべきじゃない、未練になるから箱の奥へ放りこむべきだと難じようとしたが、沙理が、

「だいたい、おかしい」

口をひらいたので、隆彦は顔をあげ、

「何が？」

「そうじゃありませんか」沙理は唇をとがらしている。「新幹線ですよ。富士山ですよ。それらの写真を表紙にした本がどうして『東京の旅』シリーズの一冊なんだろ」

「八つ当たりするなよ。奥付を見ただろ、刊行は新幹線開通の直後だ。版元がブームに便乗した、よくある話だ」

「なら表紙を東京駅のホームにすればいいじゃありませんか。実際、本文ページにはそういう写真もあったんだし」

「見ばえの問題だろ。いくら何でも停車中の車両じゃあ迫力がない」

「にしても、どうしてわざわざ都内にない富士山を……」

「いや、或る意味では東京の山なんだ、富士山は」

江戸の山と呼んでもいい。第二次大戦後はビルが林立するようになったから事情が多少ちがうけれど、元来、この大都市に暮らす人にとり、この山がはるかに眺められることの価値はそうとうのものだった。

例はいろいろ挙げられる。江戸＝東京という丘あり谷ありの街をもっとも端的に代表する地形はもちろん坂だが、江戸時代、その坂の名としていちばん多いもののひとつは富士見坂だった。富士見町という町名も多かったし、隅田川には「富士見の渡し」もあった。いずれも見晴らしのよさをことほぐ、ないし売りものにする態度が明らかだが、しかし彼らは単にその姿かたちを愛《め》でたのではない。その上さらに鑽仰《さんぎょう》を捧げるというか、一種、霊山視していたのだった。

その名もずばり富士講という。現在はほぼ滅びてしまったし、民間信仰のつねとして活動の実態をうかがうのは今日《こんにち》では難しいけれども、江戸の市民のとても重要な習俗であることは間違いない。

八代将軍吉宗《よしむね》のころ以降、江戸の街のあちこちに大小の富士講ができはじめた。まあ地域的な信仰集団というところか。月に一度、誰かの家に寄り集まって、お経を読んだり、病気平癒などの祈願をしたりするのが基本の行事だが、ふつうの信者にとり、最大の目標は富士詣《もうで》だった。四年なり五年なりの計画でお金を積立て、万障くりあわせて富士山その山へのぼりに出かける、いうなれば聖地巡礼の団体旅行。もっとも、これはあまりに大がかりだから、講によっては手近な場所に富士山そっくりの築山《つきやま》をこしらえ、富士塚と称して祀《まつ》ったりした。縮小コピーというか、のれんわけというか、いかにも成熟した都会人らしい恬然《てんぜん》たる発想のたまものだけれど、おもしろいのは、これら富士塚のなかにはご丁寧にも、本家とおなじ毎年六月一日に「山びらき」したり、一合目、二合目などと刻んだ石の標柱を打ち立てたりしたものも存在したことだ。もって愛慕のほどが知られる。化政《かせい》年間には「江戸八百八講」とすら称されたという。

ひるがえして考えれば、もしも信仰の対象が富士山でなかったら、はたしてこれほど世におこなわれたかどうか。早い話が、下野《しもつけ》国日光山《にっこうさん》だ。奈良時代以来の由緒正しい修験道の道場であり、神君家康《いえやす》の東照宮をかかえ、かつ江戸からの距離もあまり変わらないにもかかわらず、ついに都会的なあこがれの対象にはならなかった。やはり富士でなければならないのだ。けだし、葛飾北斎が「富嶽三十六景」三十六枚をものして大あたりを得たのも、追加の十枚を発表したのも、それでも足りず新たに想を起こして連作「富嶽百景」を描いたのも、もとをただせば江戸の人々のこういう気持ちに支えられるところ大きかったとしなければならない。

この流行は、維新ののちも変わらない。前述の富士塚の築造数はむしろ明治に入って増加したし、明治二十年、浅草にかの凌雲閣《りょううん》よりも早く建てられた展望塔はその名を「富士山縦覧場《じゅうらんじょう》」といった。近代日本画の巨匠、横山大観《よこやまたいかん》がその後半生のどれほどを富士山のために費したかは触れるまでもない。

「考えてみれば」隆彦はつづけた。「東京というのは富士をながめるに好適の場所なんだね。高台が多いのもそうだけれど、距離が絶妙なんだ。視界にすっかり収められる程度には遠く、しかし手の届かない感じはしない」

「だから京都や大阪には富士講はないんですね。身近に感じられない」

「そうだ。その意味では、富士はやっぱり江戸の山、東京の山ということになるね」

隆彦はさっきから、垂らした右手に本を持っている。沙理は手をのばし、その本をそっと指先でつかみ、引き寄せた。と、

「それがつまり」

表紙が隆彦に見えるよう両手で胸の前に立て、

「版元が『シリーズ東京の旅』の第17巻を占めてよしと判断した理由というわけですね」

「たぶんね」

と返事してから、隆彦はあごに指をあて、ふと考えこむ。その視線は、沙理の持つ本に集中している。

「どうしました、和久山さん」

「高尾山《たかおさん》は？」

「え？」

「おなじシリーズのなかに、たとえば高尾山はなかったかな」

隆彦はつかのま宙を見あげたのち、

「思い出したんだ、この本を見たときの鳥沢さんの反応を。これだ！　と目を輝かしてた。あれはひょっとしたら、この『東京の旅』の字が目に入ったからじゃないかな。けれども次の瞬間、やっぱり違うと言ったのは……」

「探しものがシリーズの一冊であることは間違いない、しかしこの本ではない？」

「ああ。はっきり東京のどこかの山を扱った巻があれば……」

「それで高尾山ですか」

沙理の両手がみるみる力を失う。本がエレヴェーターみたいに降下する。隆彦は声を励まし、

「朝日に染まれば赤くなるかもしれないだろ。江戸時代はやはり霊山だったわけだし」

「残念ながら」

沙理は首をふった。隆彦は、

「陣馬山《じんばさん》とか景信山《かげのぶやま》は？」

「ありません」

「三原山《みはらやま》は？　あれも都内」

「ありません」

「それじゃあ上野公園。山といえば山だ」

未練がましいなあと言わんばかりの顔をあらわにして、沙理は、

「ありません」

「もういちど確かめるんだ」

隆彦はふたたび本を奪い、巻末をひらいた。思ったとおり、奥付の前のページに「シリーズ東京の旅」のタイトル一覧が掲げられている。

ということは要するに、東京名所の名前がずらりと並ぶということだ。とりわけ最初の

五巻は壮観だった。当時もいまも、日本全国、老若男女、およそ知らぬ者はないであろう施設名ないし地名ばかりなのだ。版元の意気込みも察せられよう。高尾山ごときの出る幕はない。

「ほーらね」

沙理は隆彦のとなりへ来て、ページを一瞥し、大人が子供を諭《さと》すような声を出した。しかし隆彦は、彼女とは反対のほう、段ボールの山へ目を走らせる。上段に五つ、下段に七つ。

「ひっくり返そう。現物を出すんだ」

「本気ですか?」

「とにかく手はつくさなければ」

沙理は肩をすくめ、溜息をつき、それでも自分から箱に手をかけた。隆彦もとりかかった。片っぱしから本を出し、床に積み、一冊一冊、表紙をチェックして箱へ入れなおす。終わったら次の箱。また次の箱。……作業は十五分弱かかった。思いのほか短期戦ですんだのは、ふたりとももう或る程度、本の感じをつかんでいるために違いなかった。あらかじめ厚みと版型がわかっているだけでも、本というのはずいぶん探しやすくなるものなのだ。結果は八冊。全巻そろっていないのは隆彦の恐れていたとおりだったが、それでも年数の経過を考えれば悪い成績ではない。破れや傷みも少ないようだ。

「1、2、3、5、7、8、12……17」

隆彦はしゃがみこみ、巻数を読みあげつつ八冊をレジャーシートの右はしに並べる。表紙を上にして、巻数順に縦につらねたのは、判型が横長だからだ。その作業の終わらぬうち、隆彦は、

「あ」

と声をあげたけれど、念のため列を完成させてから立ちあがった。いまや彼の視線はそのうちの一冊、いちばん上の本に集中している。色あせてはいるものの、写真はあざやかに表紙を飾っている。

「第一巻、だね」

隆彦がつぶやき、そのかたわらに立った。

「そうですね」

「富士山……だね」

沙理はとなりに立ち、おなじところを見おろしている。

見おろしながら、夢からさめていないみたいな声で答える。

「はい」

「これだ」

鳥沢さんは静かに言った。こう付け加えた。

「間違いないよ」

5

次の日、土曜日。鳥沢さんは九時の開館と同時に入って来た。あたかも競歩の決勝戦のごときその早歩きを正面玄関そばの児童書コーナーから目撃した沙理は、掃除機のホースをカーペットに放り出し、あとを追った。階段をのぼり、二階へ出れば彼はもうレファレンス・カウンターの向こうの隆彦に何やら話しかけている。いかんぞ権利を簒奪《さんだつ》されるべけんやと急いで隆彦の横へまわり、肘《ひじ》鉄砲を食わして脇へ退《の》かせ、背後のブックトラックに用意しておいた一冊をさしだしたのに対して鳥沢さんが瞠目とともに洩《も》らしたのがすなわち右のせりふというわけだ（隆彦は後日、沙理にこの行動および心事を聞かされた）。

この日、鳥沢さんはループタイをつけていない。からし色のジャケットにきっちり樺《かば》色のネクタイを合わせて来ている。下もジーンズでなしに綿のパンツ。静かな上にも静かな屋内で、沙理はうれしさを噛み殺し、

「やっぱり。これでしたか」

隆彦は、脇腹をさすりつつ、ななめうしろで耳をかたむけるのみ。もう胸のうちに引っかかりはない。沙理が本をカウンター越しに渡すのも、それを受け取る鳥沢さんの両手がこころなしか震えているのも安心して見ていられる。もっとも、それはそれで、あとの気がかりの種《たね》なのだけれど。

「記憶とは……あてにならないものですな」

初老の紳士は、玻璃《はり》の鏡でも拭《ぬぐ》うみたいに表紙をなでてから、

「東京タワーだったとは」

そこには例の赤い明朝体で『東京タワー』と横に書かれていたのだった。左肩の「第1巻」の文字もどこか堂々として見える。背後には横長の写真。まんなかやや右のほうに赤い塔が立つ。どうやら地上から撮影したものらしく、しっかと地をふんまえる四本の足も、すらりと先細りしたのち針のように天を刺す頂点も、すっかり収められている。その姿は、なるほど、ちょっと見には似ても似つかないけれども、

「十秒も眺めれば」沙理はほほえんだ。「やっぱり似ていますよ」

何しろ舞台装置がいかにも富士山的だった。背景はまるで掃き清めたような青空だし、まわりには何もないし、けれども地表にごちゃごちゃと黒ずんだ何かが群集して山裾《やますそ》の一

部を隠している。が、何より大きいのは、判型が横長ということだろう。このことは当然、写真をも横長にし、いわば上下に押しつぶした。結果、東京タワーの姿かたちは富士山にぐっと近くなった。

「形状の相似に関しては、また別の事情もあります」

沙理はいったん口を閉じ、ふりかえり、背後のブックトラックから、こんどは一九八九年筑摩書房版『太宰治全集』第二巻をとった。カウンターに置き、付箋をつけておいたページをひらき、

「これは短篇『富嶽百景』の一節です。太宰治は昭和十三年の秋、というのは二十九歳のときですが、山梨県御坂《みさか》峠の茶店にこもり、ガラス窓に富士を望みつつ執筆にいそしむ日々を過ごしました。その生活のうちそとを描いた小説において、太宰はいわば風景批評をこころみてもいます」

すなわち富士山は、

　裾のひろがつてゐる割に、低い。あれくらゐの裾を持つてゐる山ならば、少くとも、もう一・五倍、高くなければいけない。

と断じた一節だが、小説そのもののよしあしに関しては議論しないとして、

「この判断は正確だと思います。富士山はあんまり末広がりなんですね。もちろん、だから立派だと言うこともできますけど。ところが興味ぶかいことに、この批評、そのまま東京タワーにも当てはまるんです」

けだし、東京タワーもじつは裾のひろがりに対して高さの低い、その意味では富士山的な建造物にほかならないからだ。

ただし故意に似せたわけではない。偶然そうなったのだ。というのも、いま見るこの総合電波塔の高さは三三三メートルだけれど、当初の計画では三八〇メートルになるはずだった。当然、塔全体の構造計算はそれに合わせておこなわれ、四本の足のあいだの距離は一辺が八〇メートルと定められた。けれども着工の直前、高さが削られたのだ。頂上のアンテナが強風で激しく揺れるのは発信電波の安定のために適切でないというテレビ局の意見を重んじたためだが、しかしこのとき、四本の足の距離のほうは縮められることはなかった。八〇メートルのまま工事が進められた。内部に五階建ての科学館を建てる必要からだった（現在の名称は東京タワーフットタウン）。設計者、内藤《ないとう》多仲《たちゅう》はさぞかし苦労しただろうけれど、結果として、単なる構造的な合理性をはるかに超えたあの優美なスカートの広がりの作者であることの名誉を得た。

「というわけで」

沙理はカウンターに手を置き、つかのま目を伏せてから相手の顔を見た。

「東京タワーをいつしか記憶のなかで富士山にすりかえてしまったのは、理由のないことではないと思います」

「ありがとう。案外、正確におぼえてたのかな」

たったひとりの入館者はそう言い、照れくさそうに笑うと、本の表紙に目を近づけ、

「雪も残ってるし」

表紙の一点を指さした。てっぺんのアンテナ部の、赤と白に塗りわけられたうちの白いところ。

「奥付も見て下さいね」沙理の声はやや得意げだ。「こんどはちゃんと確認しました。昭和三十四年、そう、東京タワー完成の翌年です。どうやら版元はよほど話題に便乗する商売が……」

と、みなまで言わぬうち、鳥沢さんは破顔して、

「昭和三十九年に新幹線が開通すると、すかさずあの第17巻を出したようにね」

「そうそう。東京タワーと新幹線。ほんとうに勉強になりました」

沙理も笑い、この前とおなじ感慨を述べた。

「無機的な構造物は、人の顔にも負けないくらい強く目を引くんですね」

「とりわけ男の子の、ね」

鳥沢さんが片目をつぶる。あたかも今年の豊作を祝うが如くうららかに言葉を投げあう温顔《おんがん》ふたつをかわるがわる見やりつつ、しかし隆彦はここ数日でいちばんの憂鬱にとらえられていた。これから果たさねばならない役目に思いを馳せたからだ。が、仕方がない。これればかりは課外の人間にまかせられない。

「お話しのところ、恐れ入りますが」

隆彦は一歩ふみだし、声を割りこませた。我ながらお悔やみを述べるような口ぶりだと思った。

「はい？」

鳥沢さんの顔が向きを変える。目じりは依然として好ましく垂れている。隆彦はつばを呑みこみ、

「お持ち出しにはなれません」

「はあ」

「分館の本はいったん本館のそれと照合しなければならないんです、一冊のこらず。本館にあるものは処分する、ないものは本館に加える、そういう蔵書の編入作業のための準備

として。当然データベースも書きかえなければならない。その作業が終わらないうちは一般の貸出の対象にならないんです」

「言ったろ。もともと私のなんだよ？」

紳士の頬からみるみる赤みが引いて行く。隆彦はうつむき、

「証明するものがなければ」

「しかし……」

「この場でご覧になるぶんには構いません。が、お姉様にお見せになるという話では」

「用が済んだら返す。きっとだ。信用してほしい」

「信用しています」

断言し、頭をさげ、

「が、それとは別に……お受けしたら、ほかの利用者のおなじ申し出をお断りすることができなくなってしまう」

役人。

隆彦はそう胸のうちで自分をさいなむ。何という融通のきかなさ、気のきかなさ。だが反面、こうするしかないという思いも強い。けだし公務員というのは首長のためでもない、納税者のためでもない、公平という抽象的な価値のために働くものなのだ。それを踏み出

すことでたとえ一利の花を咲かせたとしても、同時に百害の種《たね》がまかれない保証はない。となれば、もはや自分にできることは、

「コピーなら」

と提案することくらいだと隆彦は観念した。頭をいよいよ深く垂れ、

「館内で、所定の書類に記入していただければ、カラーでも……」

「感じが出ないよ」鳥沢さんは首をふった。「どんなに色あざやかに写しても、コピーの束はしょせん『資料』だ。なまなましい思い出の品にはならない」

隆彦は胃の痛みを感じた。どうしていいかわからず、目だけで相手をぬすみ見した。存外、暗い顔をしていない。

「ま、そうなんじゃないかと思ってました」むしろ晴れやかな顔といっていい。「若い人を困らせる気はありません」

隆彦がそろそろと顔をあげると、鳥沢さんは沙理の手の上に本を置き、

「六本木ヒルズ」

「は？」

「姉を連れて、これから行こう。天気もいい」

鳥沢さんは含み笑いすると、

「この前、下見しておいたんだ。自信はなかったが、ひょっとしたらと思って。わりあい高台にあるんだね」

「はあ」

「わからないかな」

鳥沢さんの目が、一瞬だけ、小学五年生のきらきらを発した。

「実物が見えるじゃないか。東京タワー」

隆彦と沙理は顔を見あわせ、そろって嘆賞の声をもらした。六本木から芝。それくらいの距離を置いて眺める東京タワーは、なるほど、間近《まぢか》のそれよりも様子がいいに違いない。視界にすっかり収められ、しかし手の届かない感じはしないからだ。ちょうど、そう、東京から見る富士山のように。

「それならこの前、そう言って下さればよかったのに」

沙理は唇をとがらした。鳥沢さんは顔の前で手をふり、

「ごめんごめん。私もそのつもりだったんだが、新幹線の本を見たら混乱してしまってね。もともと記憶が確かだったわけじゃないから」

「そうでしたか」

「それじゃあ」

手ぶらで去って行く鳥沢さんを見送りながら、隆彦はまだ少しぼんやりしている。ぼんやりと、この紳士をここまで熱心にさせたものは何だったのかと考えている。むろん直接的にはお姉さんの来訪だろう。なけなしのお小遣いから本を買ってくれたことへの感謝、および、にもかかわらず公民館の二階へいつしか置きっぱなしにしたことへの申し訳なさを目に見えるかたちで伝えたい。それは間違いないと思う。しかし、それだけならば次善の策としてのカラーコピーを拒むことはない気もするし、何ならお姉さん自身をここへ連れて来てもいいはずだ。鳥沢さんは風景を選んだ。写真ではない実物に就くことに手段をしぼった。下見までして。なぜか。

答になるかどうかはわからないけれど、たぶん、東京タワーは富士山なのだろう。単なる造形上の相似をはるかに超えた、もっと本質的な意味において。そう、現代の我々が東京タワーに捧げる憧憬は、むかしの人々が富士山に捧げた鑽仰とあまり変わらないのだ。のぞみ見るときの視線はおなじなのだ。そうでなければあの、古い由緒を持つわけでもない、高さも大したことはない単なる無骨な電波塔がどうして一国の首都のシンボルにまで身を立てられるだろう。

となれば——と隆彦は思う——、自分のなかにもそれはある。当然だ。さかのぼれば有史以前の山岳崇拝、霊山信仰にも行き着こう。古代人とは地続きなのだ。しかし思いなおせば、そのことに気づいたのは印刷された書物という、論理的で、意識的で、そのかぎりでは近代的きわまりない装置を通じてだった。これはどういうことなのか。

隆彦はまだ少しぼんやりしている。

6

あれから半月。

隆彦と沙理はふだんどおりの日々をいとなんでいる。ことさら情況に変化はない。否、ただひとつ。沙理はもう異動したいとは言わなくなった。逆に、仕事にいっそう熱が入ったように見える。

「察するに」

隆彦はときおり、館外へ出る用事があるときなど、児童書コーナーに横目を走らせることがある。彼女はあの件を通じて知ったのだろう、児童書の読者がかならずしも児童だけではないことを。大人はときどき、あるいはしばしば、単なる懐古趣味を超えた何かをそこに求めることを。

「いいことだ、彼女のために」

隆彦はつぶやきつつ、足早に通りすぎる。

「ほんのちょっぴり、さびしく思わないわけでもないけれど」

そんなふうに、たわむれまじりに心のなかで言ったとき、しかし隆彦は、これが決して彼女との仕事の終わりではないことにまだ気づいていない。

図書館滅ぶべし

1

「こんな不自然な着任日がありますか？」

隆彦は少し酔っている。足をふみならし、舌をもつれさせながら、

「一月七日、七日ですよ！　まだ年賀状のやりとりも終わらない御用始めの日の、いちばん最初の仕事が、どういうことですか、新しい副館長のいかめしい訓辞をじっと拝聴することだなんて」

「まあまあ、和久山君」

「しかも二十分」

「民間企業には珍しくないのかもしれないよ」

「長広舌《ちょうこうぜつ》が？」

「正月早々の着任が、さ」

と、楢本国雄《くにお》はさっきから宥《なだ》めるほうの役まわりだ。隆彦は、そりゃあね、と前置きしてから、おちょこを勢いよく干し、

「いくら生《き》まじめで融通のきかない私でも、お役所の人事異動はみな四月一日か十月一日付でおこなわねばならん、なんて決めつける気はありませんよ。必要なら夏休みでもクリスマスでもやったらいい。けど今回の日付は……」

「本庁の特別な意図を感じる？」

隆彦はうなずき、

「びんびん」

「なるほど。そうかもねえ」

「呑気《のんき》だな、楢本さんは」

隆彦は溜息をつき、お銚子をとりあげた。相手のおちょこを満たしてから、自分のへも注ぐ。三分の一ほどに達したところでお銚子がしずくを垂らしだしたので、カウンターの向こうの店のあるじへ振り子みたいに振って見せ、

「もう一本」

「おいおい。だいじょうぶかい？」

楢本が手で制しようとしたが、

「だいじょうぶです」隆彦はしっかりと応じた。「これで終わりにしましょう。あしたも仕事ですし」

一月七日の夜だった。そう、彼らが新任の上司にたっぷり訓辞を聞かされたのは、この日の朝のことだったのだ。

N市立図書館の調査相談課には、現在、ふたりの職員が所属している。つまり隆彦および楢本だけれども、隆彦はかねてから、どういうわけか、この十五歳くらい年上の男とはしっくり附合《つきあ》うことができた。うまが合うのだ。意見が食い違うこともないし、あっても感情的なしこりは残らない。

むろん楢本の温厚な人柄によるところが大きい。自分はやや甘えすぎるきらいがあるようだ。そう隆彦は認めつつ、しかしそれだけの話でもないと思う。それだけの話だったら、こんなふうに一年の最初の勤務日にふたりきりで新年会をするのが恒例になるはずがないからだ。もっとも新年会といっても、駅前の商店街から細い路地へ入りこみ、立飲み屋ののれんをくぐるだけの賀宴《がえん》だけれど。

その立飲み屋のいちばん右の壁ぎわに、今年の隆彦は立っている。壁にやや体をあずけ、

「……楢本さん」

呼びかけた。ただし目はテーブルの上へ向けたままだ。小皿の上のお醤油はもう縁《ふち》がす

つかり乾いてぎざぎざになっている。楢本は、

「何だい？」

「副館長、そうとう気合いが入ってますね」

「入ってるね」

「今年はいろいろ……巻き起こるでしょうね」

「そうだね」

隆彦はまっすぐ立ち、楢本のほうを向き、

「私たち、来年のきょうも飲めるでしょうか。ここで。こんなふうに」

「わかんないよ」

楢本は割箸をもてあそび、ぽつりと答える。隆彦は溜息をつき、

「さしあたり、確かな事実はひとつだけだ。そうですよね」

「そうだね」

「副館長の研修とやらを、私たちは乗り切らなければならない」

「あれは難しいんだよなあ」

楢本は頰《ほお》を指で掻《か》きはじめた。

「そんな悠長な、楢本さん。乗り切らなきゃあ、未来はないんですよ」

「私たちの新年会に？」

「図書館そのものに」

「……そうかもしれないね」

と楢本が、片手だけで雑巾《ぞうきん》をしぼるような声で応じたとき、威勢のいい声とともに店のあるじが熱燗《あつかん》を出してよこした。隆彦が受け取り、テーブルに置く。が、お酒はその後なかなか減らず、結局ふたりは、半分くらい残して店をあとにした。

2

話は、九時間前へさかのぼる。

朝っぱらから隆彦は会議室へ呼び出された。隆彦だけではない。そこには総務、管財、児童書担当……アルバイトおよびボランティアを除く全職員がすでに席に着いていた。約三十人。もちろん楢本もいた。いちばん奥の席には館長ともうひとりの男がならんで座り、職員たちの注目を浴びている。

「あけましておめでとうございます。潟田直次と申します」

館長の紹介を受け、そのもうひとりが起立した。先月、閉架書庫のなかで挨拶を交わし

た、あの槍のように体のほっそりした男だった。右を向いて頭をさげ、左を向いておなじようにしてから、

「市長秘書室から転属になりました。何ぶん急な話なので、みなさん戸惑うところもあるかと思います。あまり副館長らしい仕事もできないでしょうが、よろしくお願いします」

謙虚な人だ。やっぱりあの好ましいお辞儀のぬしにふさわしい。隆彦がそう感じたのは二、三秒のあいだにすぎなかった。潟田はゆっくりと着席するや、表情を変えず、こう言い放ったのだ。

「図書館というのは、はたしてN市にほんとうに必要なのだろうか」

異様な弁論がはじまった。あらたまの年のはじめに似つかわしくなく、新任の挨拶にふさわしくなく、そもそも図書館のなかで図書館職員を前にして展開するにふさわしくない。となりの席の館長にもこの事態は寝耳に水だったようで、ときたま、

「ちょっと、ほら」

とか、

「潟田さん潟田さん」

とか、くちばしを入れようとするのだけれど、潟田はそれに気づかず、あるいは気づかないふりをして、しゃべりつづけた。

N市にはお金がない、というのが所説の根拠のようだった。自分（潟田）はこれまで秘書室の副室長の職にあり、大所高所から市の仕事を見わたす機会をたびたび持ったが、率直なところ、現在のN市はあまりにお金の使いどころを誤っていると言わざるを得ない。救急センターも未整備だし、市営住宅も老朽化しているし、ごみ処理施設も拡充しなければならないというのに、図書館などという腹の足しにもならぬ文化施設に少なからぬ予算をぶちこむとは本末転倒もはなはだしい、分不相応この上ない。

むろん諸君（職員）としては不満だろう。腹の足しにもならぬと頭ごなしに決めつけられたのでは。しかしこのなかで誰かひとりでも胸を張って言うことができるか？　この図書館が、図書館でなければ果たせない機能をしっかり果たしていると。貸出の実績を見ても、購入図書の一覧を見ても、事実上、無料貸本屋ではないか。そんな仕事ならわざわざ自治体が手をわずらわせることはない、書店なり新古書店なりの大手チェーンを誘致するほうがいいだろう。レンタルショップを併設させれば視聴覚資料もまかなえる。市民の生活の文化度はそこなわれないし、市は新たな税収が期待できる。これを一石二鳥と呼ばずして何と呼ぶ。

「過去の文書《もんじょ》の保存もありますが」

「うん？」

潟田ははじめて話をやめた。眉をひそめ、

「誰だ？」

語尾を攻撃的にはねあげる。反応なし。ゆっくりと首を左右へ動かしながら、

「いま発言したのは誰だと聞いている」

「私です」

起立したのは隆彦だった。全員の視線が集中するのを痛いほど意識しながら、

「過去の文書の保存という役割もこの図書館にはあります」

繰り返しつつ、内心、よせばよかったと思っている。反逆のカリスマを気取ったところで三文《もん》の得にもならない、どころか逆に十文も二十文も失うのが役人の世界だということは、すでにじゅうぶん学んだはずなのに。この時点では、隆彦の態度はまだ消極的だった。

「市議会の議事録とか、市史関連の史料とか、そういうものか？」

潟田が問うのへ、

「はい」

「ならそれ専門の部課を設ければいいだろう。本庁の、教育委員会の下あたりに。うんと安あがりだ」

と機関銃でも撃つように言い返してから、

「職名および姓名を述べよ」

「調査相談課、和久山隆彦」

「レファレンス・カウンターか」鼻を鳴らした。「特に不要」

「どうしてですか？」

隆彦の態度が積極に転じたのは、あるいはこの瞬間だったかもしれない。潟田が、

「性能のよいコンピューターの二、三台もあれば肩代わりさせられる」

と応じるのへ、ただちに反駁《はんばく》した。今後どうなるかは考えていなかった。

「コンピューターには不可能です。短大生がレポートを作成するのを手助けすることも、年輩の市民の思い出の本をさがし出してあげることも」

「レポートの手助けは大学教員の仕事。思い出の本を探すのは古本屋の仕事」

「それは理想的な大学教員、理想的な古本屋がごろごろ転がっていればの話でしょう。それも誘致で解決するつもりですか？」

「けんかを売るのかね？」

「ふりかかる火の粉を払うだけです」

「自信があるようだな」

「ありません」隆彦は胸をそらした。「自負なら少しありますが。市民の役に立っている

という」

「おもしろい」潟田は身をのりだし、「ワカヤマ君とやら」

「和久山です」

「失礼。それならひとつ研修をしてもらおうか」

「研修？」

「そう。私もひとりの市民だ。むろん住民登録もしている。レファレンス・カウンターに相談を持ちこんで悪い道理はあるまい？」

「つまり……」

「決まってるだろう。本を探してもらう」

「どのような？」

「長いぞ。書き取りなさい」

と言われ、隆彦はジャケットの胸ポケットから三色ボールペンとメモ用紙をとりだした。

たしかに短くなかった。

或る一つの語をタイトルに含む本。

その語は、

A　意味的には、日本語における外来語の輸入の歴史をまるごと含む。
B　音声的には、人間の子供が最初に発する音《おん》によってのみ構成される。

「お得意の通常業務だ。かんたんだろ？」

潟田があごを上に向ける。隆彦はつとめて声を抑え、

「歴史をまるごと含む、とはどういうことですか？」

「さっそくヒントを乞うのかね？」

「通常業務でおこなうことです。最初の段階でいろいろお尋ねするのは、対象のしぼりこみを迅速かつ正確にするために不可欠ですから。レファレンス・インタビューといいますが」

「なるほど。賞讃すべき勤務態度だ」

と少しも賞讃していない口ぶりで応じてから、潟田は、唇の片方だけを持ちあげて笑い、

「なら答えよう。私たちの日本語のなかには日本古来のものではない、外国から輸入された言葉がたくさんある。わかるな？」

隆彦はうなずいた。先ほどの自分のしぐさを思い出しながら、

「ポケットとか、メモとか」

「そうだ。その輸入が、こんにちに至るまでどんなふうにおこなわれて来たかを鳥瞰《ちょうかん》すれば、だいたい三つの型があろう。私の言うのは、その三つをすべて含むということだ。もうひとつ言うと、年代順に」

「年代順に……」

「次の質問は？」

隆彦は居ずまいを正し、

「じゃあBについて。副館長は『人間の子供』の発音とおっしゃいましたが、これはAとの関係を察するに『日本の子供』の誤りではありませんか？」

「誤りではない。人間の子供だ」

「となると、外国語で書かれた本かもしれない？」

「なるほどな」潟田は苦笑した。「その可能性は考えなかった。聞きこみが必要なわけだ。日本の本だ」

「つまり……」

「こう言いなおせばよかろう。日本の著者により日本語で書かれ、日本の出版社から発行された本」

「わかりました」

「もうひとつサービスするぞ。本そのものの内容は、外来語とも人間の発音とも関係がない」

「関係ない？」

と隆彦が問い返そうとしたけれど、潟田のほうが機先を制した。手を二度、叩き、

「これでおしまいだ。利用者がみんな急用を思い出して帰らないという保証はないからな。答は一週間後に聞こう」

と一方的に宣言したのだ。宣言を終えるや立ちあがろうとする。そこへ、

「あの……」

おずおずと手をあげたのは、隆彦のとなりに座る男だった。

「おなじ調査相談課の楢本と申しますが」

「何です？」

潟田が首の向きを変えた。口調をやや丁寧にしたのは、自分とおなじ年まわりと見たために違いない。

「話の流れからすると」楢本はわずかに声を大きくして、「この研修は、課全体の責任において取り組むべきと存じますが……」

「そうですな」

「ならば私がいっしょに事に当たることも許されますね」

そうですな、とふたたび無機質に応じてから、潟田はとげのある笑みを浮かべ、

「若者の窮地を救ったおつもりかな」

「は？」

「ご自分で発言の意味がおわかりでないようだ。課全体の責任を持ち出すとなれば、当然、課長の責任もあげつらわざるを得ないのだが」

その瞬間、隆彦を含む全員の視線が動いた。

潟田の顔を注視していたのが、左のほうへ水平移動したのだ。そこには館長、高田忠《たかだちゅう》の姿がある。しきりに目をしばたたきつつ、禿頭《とくとう》をおろおろ両手でなでる哀れな姿が。彼は同時に、調査相談課の課長でもあったのだ。もちろん有能だからではない。お飾りの域を出ない地位はこれを館長が兼務するというのが、人手不足に悩むN市立図書館のいわば創立当初よりの不文律だった故にすぎない。

「ちょっと大げさじゃないでしょうか」

隆彦はそう言い放つや、ついに起立した。

「あくまで研修なのでしょう？　失敗しても外部に迷惑が及ぶわけじゃない。当事者の能力が問われるのは当然としても、誰かの責任を云々《うんぬん》するような話にはなり得ないと考えま

なければならんのです」

「それもそうだな」

潟田はあっさり認めたのち、腕を組み、

「が、やはり研修は研修だからな。結果を本庁に報告するくらいのことは、しなければならん」

隆彦は絶句した。

相手のせりふに千鈞《せんきん》の重みを感じないわけにはいかなかった。これは単なる脅しではない。六歳の兄が三歳の弟のいたずらを母親に告げ口するがごとき愛すべき点数かせぎとも違う。もっと直接的な人脈の利用、直接的な実力の行使を予告しているのだ。かりに事態がそのようになれば、当然、図書館の存廃《そんぱい》そのものの議論にも影響が出て来よう。隆彦たちには決して良いと呼べない影響が。

「座りなさい」

潟田にさらりと命じられると、隆彦のお尻はとんと椅子の上に戻る。ほとんど自動的な落下だった。

重力というより、責任の大きさに耐えられなかった。

N市立図書館の職員用の事務室は、三階にある。

というか、三階にしかない。約九十坪のフロアの上に、館長および副館長を除いた全職員の机が置いてあるのだ。机は、課ごとに寄せ集められており、総務課への書類の申請も、管財課の資料の借覧も、つまるところ一枚の天井の下《した》で片づけられるのが便利なところだ。そのかわり、他の課をはばかる話はできない。

3

会議室の変事の翌朝、だから隆彦と楢本は、密談したいときにいつも用いる意思の疎通の手段を用いた。すなわち、どちらからともなしに目くばせをし、ひとりずつ席を離れ、地階へ足を向けたのだ。地階には閉架書庫があるけれど、南西のすみには本棚が立てられていない。四畳半ほどの広さの、ついこの前までミッフィーちゃんと呼ばれていた何もない空間だ。隆彦が着くと、先に来ていた楢本が、

「峰杉分館から運びこんだ本、きれいに片づいたね」

声をかけ、あたりを見おろした。ふたりだけの新年会から一夜あけた朝だけれども、もちろん二日酔いの気配はない。

「藤崎さんの仕事ですよ」

隆彦が答えると、

「え？」

「藤崎沙理さん。児童書コーナーの」

ああ、と楢本はとたんに顔をほころばせ、

「彼女はいい図書館員になる」

「私もそう思います」隆彦の口調は暗い。「図書館が存続すれば、ですが」

「我々の荷は重いね」

隆彦はきゅうに気をつけをし、深い礼をした。

「すみません。私がよけいな波風《なみかぜ》を立てたばかりに、とばっちりが楢本さんにまで……」

「いいのさ」楢本は顔の前で手をふった。「私もぜったいやり返してたよ、十年前なら。そう、きのうの君よりももっと派手にぶちかましてた」

「楢本さんが？」

隆彦が目を見ひらいたのへ、

「さあ」

と空《そら》とぼけてから、まじめな顔になり、

「それじゃあ作戦会議をはじめようか。まずは仕事の分担から確認しよう。ゆうべ立飲み屋で話したとおりでいいかな？」

隆彦はうなずき、

「一晩、考えましたが、やはりあれが順当だと思います。つまり人文科学書担当の私はAを攻める。外来語の歴史がテーマですので、日本史か国語学あたりの棚から行くつもりです。いっぽう自然科学書担当の榾本さんはBを受け持つ。子供の発音のあれこれに関しては、さしあたり発達心理学がとりかかりになるとおっしゃってましたね」

榾本はオーケーと応じてから、苦笑いし、

「もっともまあ、はたして心理学がほんとうに自然科学に属するのかどうか、むかしから議論がさかんだけど」

「そんなこと言って。榾本さんも逃げられませんよ。副館長にああ宣言しちゃったんだから」

隆彦はそう冗談めかしたが、我ながら二、三分《ぶ》は本気で釘を刺しているなと意識しないわけにいかなかった。どうやら自分はそんなに強い人間ではないらしい。たったひとりで闘うのは不安なのだ。

「もちろん。逃げないよ」

楢本はすらりと応じると、少しばかり突き出たお腹をぽんと叩き、

「というわけで、次に、出題の内容を検討しよう」

「はい」

出題の内容の検討。ふつうならそんな迂遠《うえん》なまねはしない。二階のカウンターで相談を受け、ひととおり利用者へインタビューしたら、ただちに体を動かすのがこの仕事の常道なのだ。端末に向かうにしろ、辞書事典に当たるにしろ、正解は畢竟《ひっきょう》、実行の先にしかないのだから。が、今回は事情が違う。問題そのものが複雑この上ない。調べに入る前にしっかり内容を把握しておかないと、とんでもない見当ちがいを犯すかもしれないというのも、昨晩、一杯やりながらふたりが得た合意だった。

「まずAに関してですが」隆彦が口を切った。「実際なかなか学問的ですね。『日本語における外来語の輸入の歴史をまるごと含む』。私はこういうことと解釈しました」

上着の腰ポケットから折り畳んだルーズリーフをとりだし、広げて渡した。楢本はシャツの胸ポケットから老眼鏡を出してかけ、眺めはじめる。

「表《ひょう》を見ながら聞いて下さい」

隆彦はそう前置きし、まわりに誰もいないのを確かめてから、

「神代以来の長い歴史を持つ日本ですけれど、実際のところ、ヨーロッパから言葉が入り

こむようになってから、まだそんなに日が経ってないんですね。せいぜい四百七十年くらい。一五四三年（天文十二年）、ポルトガル船の種子島《たねがしま》への漂着以後ということになると」

「例の鉄砲伝来だね」

「はい。そうして、その四百七十年は、表のように三つの時期にわけられるんです」

	時代	期間	おもな輸入元	例
1	室町末から江戸初期	約一〇〇年間（一五四三〜一六三九）	ポルトガル語	タバコ、カルタ、カステラ
2	江戸（全期）	約二七〇年間（一六〇〇〜一八六七）	オランダ語	ガス、ポンプ、オブラート
3	明治維新以後	約一四〇年間（一八六八〜現在）	英語	ポケット、メモ

※ 期間の欄に挙げた年号は、だいたいの目安とする。

「三つか」楢本はうなった。「副館長の挙げた数字に一致する」

「はい。それぞれ1、2、3と番号をふりますと、それぞれの時期の実情は……」

隆彦は説明をつづけた。

第1期は、かりに「ポルトガルの時代」と名づけよう。種子島への漂着事件以降、ポルトガル船はさかんに日本に来るようになった。九州各地の港に食いこみ、交易をおこなったのだ。この結果、ポルトガルの斬新な文物がいろいろ日本国内に流通するようになり、大いに人々の好奇心をそそったわけだが、この現象はまた言語においてもおなじように展開した。すなわち新しい語彙《ごい》がたくさん日本語のなかに入ったのだ。表に挙げた例のほかにもパン、ジュバン、コンペイトー等もこの仲間に入れていい。また、これと同時にバテレン、サクラメント等のキリスト教関係の用語も定着したが、これはザビエルをはじめとするイエズス会の宣教師の大がかりな布教にあずかるところ大きいだろう。第1期の終わりは、江戸幕府三代将軍、徳川家光《とくがわいえみつ》がポルトガル船の来航を完全に禁止した一六三九年(寛永十六年)あたりに置くのが妥当。

第2期は「オランダの時代」ということになる。ヨーロッパの国々は、ポルトガルも、スペインも、イギリスも、江戸時代のほぼ全期を通じて船の来航を禁じられたが、唯一の例外はオランダだった。長崎の出島に蟄伏《ちっぷく》するかぎりお咎《とが》めなしとされたのだ。いきおい、その後の日本国内では、ヨーロッパの学問すなわちオランダの学問ということになる。いわゆる蘭学《らんがく》の興隆だけれども、この学問はこんにちでいう自然科学の分野をもっぱらとしていたため、定着した語もその分野の術語が多い。表に挙げたほか、ガラス、アルコール、カラン（水道の蛇口）などの語もこの時期に到来したもの。

「第3期は」

隆彦はひと呼吸おいてから、リノリウムの床をぽんと靴のかかとで蹴り、

「明治より平成の世に至るまでの『英語の時代』。これは詳しく述べる必要はないでしょうね。私たちの生活のすみずみに、ちょっと入《はい》りすぎというくらい入りこんでいます。レファレンス・カウンターなんて言葉もそうだな」

「英語以外からも入って来てるだろう？」

楢本が紙片から目をあげ、上目づかいに隆彦を見た。隆彦は、

「もちろんです。音楽関係にはイタリア語からの借用語が多いし、料理関係にはフランス語からが多い。けれどもやはり、さしあたりは英語を代表に選ぶべきでしょう。数がもう圧倒的に違う」

「なるほど」

「じつを言うと、この代表選抜の措置はほかの時期にも適用しなければならないのでした。第1期にはポルトガル語のほかスペイン語もあったし、第2期にはオランダ語のほかドイツ語もありました」

「最初からぜんぶ追いかけたら果てしがないわけか。わかった。穏当な措置だね」

「はい」

と返事したところで隆彦は口を閉じ、相手が何か言うかと待つ。何も言わない。

「以上を考慮に入れれば」隆彦はふたたび口をひらいた。「副館長の出題はいっそう意味がはっきりします。つまり、第1期、第2期、第3期それぞれの代表たる言語のなかから一語を採る。ぜんぶで三つ採ったら年代順につなげる。そうしてできた言葉こそ『外来語の輸入の歴史をまるごと含む』語と呼ぶにふさわしいでしょう」

「たしかにね。しかし」

楢本はルーズリーフを折り畳み、隆彦に返してよこしつつ、

「それだと目標は、三語から成る複合語ということになるよね。あまり長ったらしくなるのはどうかな」

「……というのは？」

「私たちの最終的な探索の対象は言葉ではない。本だ。長いとタイトルに入《はい》りきらない」

「それは言葉しだいでしょう。ホール・イン・ワンは三語から成る複合語ですが、じゅうぶん本の題になり得ます」

「うーん」

「まだ何か？」

「1および2と比べて」楢本は慎重に疑問を呈した。「3が大きすぎる気がするんだけどね、どうしても」

「大きすぎる……」

「いまの日本語にはポルトガル語源の外来語はあんまり多くないだろ。オランダ語のも、さほどない。しかし英語のは掃いて捨てるほどある。バランスの問題さ」

「でも、歴史の事実はこのとおりですから」

「そうなんだけどね……」

隆彦はルーズリーフを折りたたみ、上着のポケットにしまい直しつつ、

「ともあれ当面はこれで行きましょう。問題が生じたら、また相談することにして」

「わかった。じゃあBのほうに行こうか」

「はい」隆彦は諳《そら》んじた。「Bは『人間の子供が最初に発する音によってのみ構成されるですね」

「日本の子供の誤りではない、人間の子供だ。そう副館長は言ってたね」

「はい。しかし本そのものは和書だと」

「かんたんなようで、なかなか難しいねえ」

楢本はのんびりと嘆くと、首すじを指で掻き、ぴしゃりと叩いてから、

「言語習得以前の発音による語」

「は？」

「だからさ」口調はあくまでのどやかだ。「人間の子供がさ、言葉を獲得する以前に獲得する語だよ」

「あるわけないでしょう、そんなの」隆彦は目をしばたたいた。「人間は、言葉を獲得するから語を獲得するんです。種籾《たねもみ》ももらわないうちに稲が育てられますか」

「その喩《たと》えは適切じゃないなあ」

「でも」

「喃語《なんご》があるよ」

「喃語？」

「和久山君」

　楢本はみょうに誇らしげに胸を張り、

「君もいずれは結婚するだろう、子供も生まれるだろう。そうなったら浴びるほど聞けるよ。赤んぼが『だーだー』とか『まんま』とか言うのをね。それこそは言葉以前の語にほかならない」

　と、あたかもモーツァルトのアリアでも聴いて来たばかりみたいな顔をしたので、隆彦

は、そんなの本のタイトルにならないでしょうと突っ込むこともできず、

「まあ……最初の一鍬《ひとくわ》としてなら……」

とつぶやくにとどめた。楢本は満足そうに腕時計を見て、

「そろそろ開館だ。きょうは私が先にカウンターに立つんだったね」

「はい。火曜日ですから」

それじゃあ、と楢本は言うと、敬礼するみたいに手をひたいへやり、足をふみだそうとした。隆彦はこぶしを握り、パンチを出すふりをしながら、

「副館長なんか、ノックアウトしてやりましょう！」

楢本が行ってしまうと、隆彦はひとりになった。ただちに業務に就く気にはなれない。その場にたたずみ、ぼんやりと実家の母親のことなど思ったりした。そこへ、

「暴力反対」

おごそかな声が飛んで来た。隆彦は叫びをあげそうになり、ふり返った。本棚のうしろから痩身の男がひとり出て来て、

「ずいぶん威勢がいいな」

「副館長」

めまいがした。体がかたむき、心臓が早鐘《はやがね》を打つ。かろうじて口から言葉をしぼりだし、

「ぬすみ聞きですか？」

「たまたまだ」潟田は表情を変えない。「何しろ新参者だからな。館内をくまなく見て歩くところから始めなければ。あれは何だ？」

潟田はとつぜん壁ぎわを指さした。壁ぎわには愛らしいミッフィーちゃんの柄のレジャーシートが折り畳まれ、積まれている。何枚もあるので腰ほども高い。なるほど潟田は先月ここへ来ているけれども、あれはごく短い時間だったと隆彦は思いあたり、やや丁寧に答弁することにした。

「ここには昨年末まで、段ボール箱が十二個あったんです。峰杉分館という、地区の公民館の二階にあった分館が閉館になり、蔵書をそっくり運びこみましたから。そのとき床を傷つけないよう敷いたのが、あのレジャーシートです。だから我々はいつしか、この場所そのものをもミッフィーちゃんと呼ぶように……」

「その蔵書の片づけは？」

「終わりました。児童書の担当者が……」

「ならレジャーシートも片づけろ。見苦しい」

隆彦は一瞬、絶句したが、

「前の副館長の私物なんです。自宅のお古を持って来てもらったので」

潟田は腕を組み、眉根《まゆね》にしわを寄せた。隆彦は頭をさげ、

「見苦しいのは確かです。申し訳ありません。すぐに送り返します」

「あと半月《はんつき》は置いておこう」

「……え？」

「前の副館長の気持ちになってみなさい」眉間《みけん》からしわが消えた。「きゅうに離れることになった職場から、離れた直後に私物が送り返されて来るんだ。うれしい気持ちにはなれないだろう」

隆彦は目を見ひらき、

「意外です」

「何がだ」

「その……人情を解《かい》するというか……」

潟田は爆笑した。両手をポケットに突っ込み、体を折って笑いつづける。人気《ひとけ》のない広い書庫が、景気のいい乱反射でみたされた。

「君は正直だな、ナカヤマ君」

「和久山です」と即答してから、「それほどではありません」

「それが正直だと言うんだ。前の職場では、半年ものあいだ私に誤った名前を呼ばれつづ

けた部下がいた。うっかりしていた私も悪いが、向こうも訂正を求めなかったんだ、一度たりとも。求めたら叱られると恐れたらしい。いまの若い者はあんまり波瀾を避けすぎる。よし、ひとつ私も正直のお手本を見せよう」

「お手本？」

「盗聴者の冤《えん》も雪《すす》がねばならないし」

潟田は意味ありげに隆彦をにらみながら、

「つつまず打ち明けようと言ってるんだよ。もし君たちが例の研修をクリアできなかったら、そのことを私が本庁の誰に報告するつもりかを」

「社会教育課じゃないんですか？」

「まさか。たしかに各種の文化施設を管理することになっているが、つまるところは事務上の連絡係だ。何もできん」

「じゃあ誰に」

「経成《けいせい》さんだよ」

隆彦は息をのんだ。

経成さん……坂本《さかもと》経成の名を知らないわけがない。二年前の選挙で選ばれたN市の市長、上司のなかの上司。この図書館へは、当選から二か月後、ほんの十五分ほど視察に来たことがあるだけだ。もちろん隆彦ごときの親しく口をきける人ではない。

「知っているだろうが」潟田はまじめな顔に戻り、語を継いだ。「彼はそうとう実行力がある。本人の才覚もさることながら、情況が味方についているのだ。何しろ市議会はいま与党会派が三分の二を占めているのだからな。本気になれば、どんな政策でも実現させられる」

「一本釣りですか。副館長はこの前まで秘書室におられた」

「そんな単純な話ではない。私に人脈があろうとなかろうと、N市の財政が急速に悪化していることに変わりはないのだ。『切るべきものは切れ、削れるものは削れ』というのは近ごろの本庁の幹部クラスの合言葉みたいなものだ。その切り捨ての候補のうちの最大のものが、つまりはこの図書館というわけだ。企画課あたりを中心に、存続派と廃止派がいろいろ議論を重ねている」

「知らないのは現場だけ、ですか」

「組織の仕事はたいていそうだ」

「現在のところ、優勢なのは廃止派のほうなのですね」

隆彦があまり明るくない口調で言うと、潟田はほうと唇をすぼめ、

「よくわかったな。根拠は？」

「着任日です」隆彦は溜息をついた。「これまで館長と副館長の人事はつねに四月一日におこなわれて来ました。ほかの日におこなわれた例はありません。今回も、はじめはその予定だったのでしょう。それが繰り上がったということは、すなわち、時期を早めてまでも廃止派の分子を送りこみたい空気が本庁では濃いと見なければならない」

話しながら、ほかならぬ隆彦自身が驚いていた。どうやら問題はこれまで漠然と考えていたより遥かに切羽《せっぱ》つまったところへ来ているらしい。自分がここで鷗外全集やら、赤い富士山の本やらと格闘している最中に、雲の上ではこんな不当な計画が展開されていたのだ。きっと峰杉分館が引導を渡されたのも、こういう動きと無関係ではないのだろう。

「となれば」隆彦はつづけた。「きのうの研修問題は、副館長、ちょっとした思いつきでお出しになったものではありませんね。かんたんには正解にたどり着けないよう練りこんである。もくろみどおり私たちが間違いを犯せば、あるいはお手あげですと降参すれば、そのこと自体、図書館が機能していないと結論づけるための絶好の材料になるわけです」

「そうだ」潟田はにやりと笑った。「とは申し上げられないな。立場上」

「副館長」

「なんだ」

「前言は撤回します。やはり人情を解さない」

「言うと思ったよ」

潟田は鼻で笑うと、体の向きを変え、出口のほうへ歩きだした。

先ほど楢本が歩いたのとおなじ通路を、しかし楢本よりも大きな歩幅で遠ざかるその背中を見送りつつ、隆彦はただ立ちつくしている。次の行動に移ろうにも、最後にわずかに目にした潟田の顔をつい思い出してしまい、移れない。潟田の顔はあからさまに挑発的でありながら、同時に、ひどくさびしそうでもあった。

4

「お手あげです」

隆彦はソファに腰を落とすなり、ほんとうに諸手《もろて》を上にあげた。

「君らしくもないね、和久山君」

楢本がとなりに座り、ぽんと隆彦の肩を叩く。隆彦は、力なく首をふり、

「もう明日には答を告げなきゃいけないというのに。今回ばかりは……」

どうにもなりません、と隆彦が溜息をつこうとしたとき、扉のひらく音がした。楢本の奥さんが入って来たのだ。テーブルに紅茶と菓子鉢《かしばち》を置きながら、

「ほんとにお寿司とビールとかじゃなくていいの？」

と尋ねる。夫はかぶりをふり、

「酔うわけにはいかないんだ。残業の延長なんだから」

「でも悪いわ」

奥さんは隆彦へしきりに恐縮して見せたのち、ようやく出て行った。楢本はティーカップに口をつけ、

「ひとつ間違えた。これは延長なんかじゃない。残業そのもの、仕事そのものだ。何しろ表向きは『一般市民の相談』への対応なんだものね」

「それなら職場でやればいいのにって、奥さん、いまごろ不満に思ってないといいんですが。もう八時半だし」

「むしろ喜んでるさ。うちはめったにお客が来ないから。この応接室を見ればわかるだろ？」

と楢本があごで示すので、隆彦はあらためて見まわした。なるほど、ふだんは物置になっているようだった。壁ぎわのそこここに野球道具やら、花瓶やら、針の動かない置き時計やらが置かれている。隆彦はたいそう申し訳ない気になったけれども、実際のところ、ほかに適切な方法が思いつかないのも事実だった。例の件に関するかぎり、職場では話し

たいことも話せない雰囲気だったからだ。閉架書庫の例の場所でさえも。副館長の存在感が着実に浸透しはじめたということかもしれない。

「それじゃあ、開始しようか」

楢本がカップを置き、水を向けた。隆彦はあわてて菓子鉢からクッキーをつまみとり、口へ入れ、

「私のほうから行きましょうか」呑みくだした。「いまも申し上げたとおり、まったくお手あげなんですけれども。六日間がんばっても、正解どころか、その手がかりすら得られませんでした」

「私もおんなじさ。まあ知恵を集めてみようよ」

「とりあえず……Aに関しては、こんな表を作ってみました」

隆彦は鞄からクリアファイルをとりだし、クリアファイルから一枚のA4判の紙をとりだした。（146～147ページに表）

「私たちの日本語におけるポルトガル語源およびオランダ語源の語の、かなりの部分がこの表に含まれる。そう言っていいと思います」

「これは、辞書から抜いたんだね？」

隆彦はうなずき、書誌情報を明らかにした。

典拠としたのは吉沢《よしざわ》典男《のりお》・石綿《いしわた》敏雄《としお》著『外来語の語源』（角川書店）だった。昭和五十四年六月の初版本をN市立図書館は所蔵している。たくさんの類書のなかから隆彦がこの一冊を選んだのは、ひとつは収録語数が約六千五百とほぼ必要にして十分であるからであり、もうひとつは原語がいわゆる隅付《すみつき》パーレン（【】）で括《くく》られて見つけやすいからだった。ぜんぶで八百ページ弱、一ページずつ丹念に見て行っても十時間はかかりませんでしたと隆彦は言うと、

「ほんとうは」きゅうに声をしおれさせた。「ほかの辞書にも当たるほうが確実なんですが。とりわけオランダ語に関しては、東北学院大学が発行した斎藤《さいとう》静《しずか》『日本語に及ぼしたオランダ語の影響』という本もありますし……」

「仕方ないよ、限られた時間だ。お」

楢本は、人さし指を紙の上の或る一点にとめ、

「バツをつけた語があるね」

「無視していいと私が判断したものです」

「無視？」

「はい。あまりに専門的だったり、いまは死語になっていたりするので」

「大胆だね。だいじょうぶかな？」

	時代および輸入元の言語	外来語
1	室町末から江戸初期（ポルトガル語）	アーメン（ 3）　×アチャラ（ 18）　×アマ（ 31） オルガン（112）　カステラ（122）　カッパ（125） ×カナキン（127）　カピタン（129）　カボチャ（131） カルサン（134）　カルタ（135）　カルメラ（136） キリシタン（154）　クルス（174）　×コエンドロ（190） コンペイトー（217）　×サクラメント（224）　ザボン（229） サラサ（230）　×サンタ（232）　ジュバン（253） ジョーロ（256）　タバコ（326）　タフタ（327） チャルメラ（340）　テンプラ（368）　バッテーラ（444） バテレン（446）　パン（464）　×パンヤ（472） ビードロ（475）　ビロード（490）　×ピン（490） フラスコ（522）　×ボウブラ（568）　ボーロ（576） ×ボサノバ（577）　ボタン（579）　マルメロ（609） ミイラ（612）　×ヤーパン（644）　ヤソ（644） ラシャ（657）　×ランビキ（666）　ロザリオ（710）
2	江戸全期（オランダ語）	アスベスト（ 16）　×アナナス（ 24）　アニス（ 24） アルカリ（ 35）　アルコール（ 36）　×アンジャベル（ 44） インキ（ 60）　エーテル（ 82）　エレキ（ 93） ×オキザリス（104）　オニックス（106）　オブラート（108） オルゴール（112）　オンス（113）　ガス（121） カテーテル（126）　カトリック（127）　×カノン（128） ×カミルレ（131）　ガラス（133）　カラン（134） カリウム（134）　カルキ（134）　カルシウム（135）

3	明治維新以後（英語）	無数	カンテラ（138）　カンフル（140）　×キニーネ（145） ギプス（145）　ギヤマン（149）　×クレオソート（176） コーヒー（193）　コップ（201）　ゴム（204） コルク（206）　コレラ（208）　コンパス（215） サーベル（220）　サテン（227）　サフラン（228） ×サロン（232）　シアン（234）　×ジギタリス（239） シロップ（258）　×スタメン（275）　ズック（277） ×ストリキニーネ（282）　スポイト（292）　ソーダ（311） ×ソップ（313）　ダリア（329）　×タルト（330） タンニン（333）　ドック（375）　×ドンタク（397） ニス（405）　×バイト（432）　ビール（476） ピストル（481）　ピンセット（491）　ピント（492） ブリキ（532）　ヘット（557）　ベンガラ（564） ペンキ（564）　ホース（571）　ホック（579） ホップ（580）　×ポンス（591）　ポンド（592） ポンプ（592）　マグネシウム（598）　マドロス（604） マンガン（610）　×マントル（611）　メス（625） メリンス（631）　×モートル（634）　×モール（635） モルヒネ（642）　モルモット（642）　×ヤーパン（644） ×ヤスミン（644）　×ラック（659）　ランドセル（666） ランプ（666）　リューマチ（679）　リンネル（682） ×ルーデサック（684）　レッテル（700）　×レトルト（701）

※（　）内は、『外来語の語源』（角川書店、昭和54年）中のページ数。

隆彦はやや強く首を縦にふり、

「答となる本の題は、じつはけっこう易しいんじゃないか。私はそう思うんです。Aの条件をどれほど完璧に満たしたとしても、たとえば『コエンドロおよびオキザリスにおけるトランスプランテーション』なんて——これは架空の書名ですが——難しい、七面倒くさい題じゃない。そんなのは副館長の目的のために適切ではないんです」

「どういうこと？」

「副館長ははじめから、私たちが誤りを犯すか、降参するかを期待しています。が、それは私たちに恥をかかせるためではない。本庁へ出向き、市長なり、本庁の幹部なりを相手にして、胸を張って論じ立てたいからです。こんな簡単な問題もあいつらは解けない、もう税金の無駄づかいはやめるべしと」

「なるほど。難しい題を持ち出すんじゃあ説得力をそこなうばかりか、逆に、問題を作ったほうの意地の悪さが相手の印象に残りかねない」

「この推測を延長すれば」隆彦は咳払いした。「当然、目的の本はN市立図書館が所蔵している本だという推測も成立します。ないものねだりの不公平を匂わせるのは得策ではない」

「おもしろい読みだけれども」楢本はゆっくり言葉を選んだ。「いくら腕ききの副館長でも、忘れたのかい？　あの問題を出したのは着任初日の朝なんだよ。この図書館にどんな本があるのか、どんな本がないのかが見当ついてたとは思えないな」

「はなから確信してたんでしょう。あるに決まってると」

「言いかたを換えれば、ありふれた本」

「その可能性は高いかも」

　隆彦はクッキーをもう一枚とり、口のなかへ放りこみ、紅茶でいっきに流しこんだのち、

「けれども私は、そのことの幸運をよろこぶ気にはなれません。むしろ足かせをかけられた感じすらします。そうじゃありませんか。その表のなかには易しい語、ありふれた語なんかほとんど存在しないんだもの。だからお手あげだと言うんです。ただ単にポルトガル語─オランダ語の順でつなげるだけでも厄介なんですよ、何らかの意味をなすよう心がけるとなると。厄介どころじゃない、ひとつも思いつかない。かえって『コエンドロおよびオキザリス』なんて本のほうが探し出しやすいかも」

　隆彦の口調は激したり、沈んだりの振れが大きい。楢本はうんうんと大げさに声を立てて耳をかたむけていたが、

「和久山君」カウンセラーが患者を元気づけるような顔になり、「ジグソーパズルのピースが一個、しっくり嵌《はま》った気がするよ」

「……ほんとですか?」

「ほんとうさ。喃語が顔を出す理由が生じたんだもの」

「あ、子供の発音。Bの条件だ」

隆彦がわずかに顔を輝かした。楢本は少し得意そうに、

「だーだー、まんま。易しいといえば、これほど易しい言葉はないものね。発達心理学にとりついた甲斐《かい》があったよ」

「じゃあ、喃語が本の題に?」

「そう決めつけるのは早計だがね。まあ、とにかく詳しいところを見て行こうよ。私はおもに『ことばの獲得』という、平成十一年にミネルヴァ書房から出た論文集を参考にした」

「京都の出版社ですね」

「とりわけ第1章の、小嶋祥三《こじましょうぞう》『声からことばへ』という論文が助けになった。和久山君、そもそも人間の発音には母音《ぼいん》と子音《しいん》があることは知ってるだろう?」

「はい」隆彦は視線を宙にやり、「日本語の場合、母音はア、イ、ウ、エ、オの五つしかないんでしたね」

「そうだ。うん、ローマ字でやるほうが話が早いな」

楢本は立ちあがると、いったん部屋を出、ふたたび入って来た。入って来るとき、手に

は何枚かの白い紙とボールペンを持っている。立ったまま紅茶やら菓子やらを手の甲でテーブルのすみに追いやり、まんなかへ紙をひろげ、それからソファに腰かけた。まずはa、i、u、e、oと横書きに書く。次に、その下の行《ぎょう》にk、s、t……とやはり横に記し、

「この二行目が子音だね。私たちが当たり前に使うカとかセとかの音節《おんせつ》は、母音と子音から成るわけだ」

「わかります。kとaで『カ』だ」

「そのとおり。となると、さしあたり私たちが注目すべきは、これらの母音や子音――音素《おんそ》というそうだが――のうち、子供が最初に口に出すのは何かということだ。いま挙げた論文によれば」

楢本はまたボールペンを手にとり、書きはじめた。先ほどよりも少し大きな文字だった。

［子音］
b、d、g
m、n
［母音］
e、a

「実際のところ」

楢本はボールペンを黒いキャップにさしこみ、テーブルのはしっこに置いてから、

「この論文はなかなか読むのが難しい。閉鎖子音とか前舌《ぜんぜつ》母音とかいう術語がふんだんに用いられているし、ソナグラムという、音声の周波数を分析したグラフ状の図がたくさん示されてもいるし」

「楢本さん自身の過去の体験に照らして、いかがですか？」

と隆彦が尋ねたのは、楢本には中学二年生および小学六年生になる子供がいることを知っていたからだった。楢本は、

「正しいと思うよ。だーだー、まんま、えんえん、このあたりは典型例だし、きれいに当てはまるものね。もっともまあ、個人的にはもうひとつ付け加えたいけれども」

「何を？」

「子音のp」

「なるほど」隆彦は膝を叩いた。「bとpは、聞くほうの耳にはよく似てますものね。たしか笑い話があったな。工場の技術者が回転軸の軸受け《ベアリング》の話をしたら、鳥類学者は雌雄の交尾《ペアリング》のことと思いこんでいたというような……」

「そういう事情もあるけど」

楢本はいっそう真剣な顔になった。

「はい」

「私としては」

「……楢本さんとしては？」

「長女が『まーま』よりも『ぱーぱ』のほうを先に言ったという事実を重視したい」

隆彦が目をぱちぱちさせ、ようやっと、

「……ひょっとして、娘自慢？」

と言うと、楢本はぐんにゃりと頰を垂《た》れ、唇をへの字にして笑った。おのれの職場があした滅びるかもしれない男がこんな顔をしていいものかと隆彦は呆《あき》れたが、同時に、この自分の感慨はむしろ非難というより一種の尊敬に近いかもしれないと思い返した。少なくとも、毎日顔を合わせ、言葉を交わすうち、この先輩の人間のすみずみを知った気になっていたのは大きな誤解だったと思うほかない。これまで結婚したこともなく、今後もすぐにはする予定がない自分の境遇がひどく欠点だらけのように感じられはじめた。どちらにしろ、この話にこれ以上つきあう力は自分にはない。

「話を戻しましょう」隆彦はことさら重々しく提案した。「喃語の音素に関しては理解しましたが、残念ながら、それでも問題全体に解決のいとぐちが与えられたとは言いがたいですね」

「……そうだね」

「楢本さんは七つのアルファベットをお書きになりましたが、これらの子音および母音しか使わずとも発音できる語というのは、私の表にはないんです。ポルトガル語の欄にも、オランダ語の欄にも。もちろん英語には探せば二、三個くらいはあるでしょうが。母集団が巨大ですから。すなわち、さしあたりはこう言わざるを得ないんです。英語が語源であるものを除けば、条件Aと条件Bを同時に満たす外来語は、私たちの日本語にはない」

「そうか。……いや、ふたつあるぞ」

「何？」

「これ」楢本は表の一点を指さした。「アーメンとパン」

「あ、見落としてました。子音のpも含めるんでしたね。でもやっぱり、これだけじゃあ焼け石に水」

「あきらめるのは早いさ。もういっぺん、たんねんに当たるんだ。アーメンもパンもポルトガル語だろ。次はこっちだ」

楢本はそう宣言すると、ふたたび表の印刷された紙をとりあげ、オランダ語の欄の語をひとつひとつ声に出して読みはじめた。隆彦も先輩に敬意を表し、いちいち相槌を打つけれど、エーテル、コルク、サフラン……赤んぼに発音できそうな語はついぞ出て来ない。万策つきたと考えはじめたそのとき、

「ありゃ。間違いだ」

楢本が読みあげを中断し、隆彦のほうを向いた。

「この表には間違いがあるよ、和久山君」

「どこですか？」

隆彦はあわてて首をのばし、のぞきこんだ。楢本の太い指は「タルト」のタの上に固定されている。

「これに×をつけちゃあ、いけないんじゃないかな。現在も死語とはいえないし、すっかり日常用語になってるんだから」

「ああ、それは」

隆彦は解説した。平成時代の日本人がふつう思い浮かべるタルトというのは、円《まる》い深皿《ふかざら》のかたちのパイ生地にフルーツやチーズをつめこみ、オーブンで焼いたものだけれども、これは元来はフランスのお菓子であり、したがってタルトという片仮名語も、フランス語 tarte の日本語化と見るべきだ。ところがこの片仮名語にはもうひとつオランダ語の taart

を語源とするものがあり、まったく異なるお菓子を意味する。そのお菓子とは、

「和菓子ふうなんですよ。一種のロールケーキなんですが、薄いカステラであんこを巻きこんでる」

「へえ」

「松山の名産だそうです。江戸時代初期の松山藩主、久松定行《ひさまつさだゆき》が、長崎のオランダ商館でふるまわれたお菓子に興味を持ち、故国でも調製させたものとか。なかなか興味ぶかい語だけど、フランス語から来たタルトと紛らわしいから落としました。おなじような理由で×を付した語はほかにもあります。ピンは数字の1の意味ですが安全ピンのそれと見わけがつかないし、サロンは一種の腰布《こしぬの》の名前ですが、私たちはこの語から、社交のための高級な部屋しか想像しません」

「食べてみたいね」楢本はのんびりと言った。「私はあんこは大好きなんだ」

「あんこもいろいろあるようですよ。柚子餡《ゆずあん》とか、栗入りとか。あ！」

「柚子餡、いいねえ。インターネットで探して注文しようかなあ」

と遠い目をしつつ、楢本はクッキーを一枚とった。だが口には入れない。右手から左手へ、左手から右手へ、キャッチボールみたいに忙しく持ち替えながら、

「おなじ甘いものでも、こういう乾いたのは、どうもね」

「……」

「年をとると、しっとりしたもののほうがいい。……和久山君？」

「しっ」

　隆彦は鋭い視線を放ち、ほとんど沈黙を強要した。失礼はじゅうじゅう承知していたが、やむを得なかった。海水を煮つめて塩をとるように、思考を煮つめなければならなかったのだ。横からほんの少しでも砂がまじりこんだら、たちまち釜が割れ、いっさいが流れ落ちてしまうのは間違いなかった。

　のちのち思い返しても奇妙なことに、この瞬間、隆彦の頭には、言葉がとつぜん降って来たのだった。赤土《あかつち》を一握りずつ盛るみたいにして推論と材料を積み上げたにもかかわらず、啓示はその頂点としてではなしに、はるか上空、雲の隙間から射す光としてあらわれた。いや、これは正しくない。むしろ赤土を盛りあげたからこそ雲間の光も拝めたのだとするほうが実感に近いようだ。これはどういうことなのか。あるいは帰納と演繹の関係に擬せられるのか。擬せられるとすれば、それは存外、いままで漠然と考えて来たような対立の関係ではないのかもしれない。むしろ互いに補う性質を持つのかもしれない。……というふうに後日には冷静に分析できるようになったけれども、このときの隆彦はただ、

「これだ」

夢の世界からまだ体半分しか帰って来てないような口調でつぶやくのが精いっぱいだった。楢本はクッキーを放り出し、顔を近づけ、

「わかったのかい?」

「はい」

隆彦は、となりに座る先輩のほうを向き、

「ありふれた本とは予想していたけれど……ここまでありふれているとは」

「つまり?」

隆彦は、その六音節の語をゆっくりと口のなかで復唱してから、おごそかに宣した。

「十冊は所蔵してるに違いありません」

5

十冊どころの話ではない。

翌日の朝、端末で検索してみたら、N市立図書館はじつに十七冊もその本を所蔵していた。そのシリーズの本と言うほうが適切かもしれない。

隆彦はそのぜんぶを抱えこみ、館長室のドアを背中で押した。なかへ入れば、奥のほう

に大きな樫《かし》製の机がひとつ据えられている。机のむこうに腰かけた館長は、おはよう、と隆彦に声をかけ、そのまま肩をちぢめる。机の左右には潟田と楢本が立っており、まるで館長がいつ逃げ出しても捕縛《ほばく》できるよう待機しているかのようだ。おはようございます、と隆彦は返事すると、まっすぐ机の正面へ歩いて行き、どさりとその十七冊を置いた瞬間、館長が目をまんまるにする。

「朝からお呼び立てして申し訳ありません」

隆彦は、三人の長上《ちょうじょう》のそれぞれへ目で一礼した。

「開館時間までに終わらせたいと思いましたので。いかがでしょう、副館長」

「正解だ。が」

潟田は机に片手をつき、即座に宣した。無表情だった。

「当てずっぽうに矢を射ただけという可能性は、まだ捨てられない。この世には信じられない偶然も多いからな。トクヤマ君、これに到達するまでの経緯を聞こうか」

「誰がトクヤマだ」

隆彦は一瞬、そう言い返してやると本気で思った。やはりこの人の目には自分はごく軽い存在なのだ。そう知ると腹が立った。しかし結局、言い返さなかった。そんな暇があったら一刻もはやく解説に入らなければならなかった。潟田としっかり目を合わせ、少し胸

をそらしてから、

「まずAの『日本語における外来語の輸入の歴史をまるごと含む』から行きましょう。さしあたり、私はそれを三期に分けました。1室町末から江戸初期のポルトガル語、2江戸全期のオランダ語、3明治以後の英語、です。次に、1と2に関しては、ポルトガル語とオランダ語に語源を持つ外来語をひとつひとつ拾いあげ、詳細な表を作成しました。しかしながら実際のところ、その片仮名だらけの表を作るあいだ、私の頭からは楢本さんのひとつの指摘が離れなかったのです。その指摘とは」

「1と2に比べて、3があまりに巨大」

と楢本が割りこんだのへ、隆彦はうなずいて見せ、

「いまの日本語における外来語には、ポルトガル語源のものも、オランダ語源のものも、そんなに数多くはない。ところが英語が語源のものは無数にある。まるで鰯《いわし》やさんまを鯨《くじら》と比べるような話だ、いくら何でもバランスが悪いのではないかと疑問が呈されたのでした。私は悩みました。が、その挙句、とても簡単なやりかたを思いついたのです。すなわち、1と2を一本化してしまえばいい」

「一本化?」

館長が首をかしげた。隆彦ははいと応じ、

「鰯やさんまも、合体させれば少しは鯨に近づくでしょう」

「おいおい」

館長はようやく理解したらしい。きゅうに腰を浮かし、腕をのばしつつ、

「それじゃあ全体は二期になってしまうじゃないか」

「ならないんです」

隆彦はにっこりした。

「どうして？」

「室町時代どころじゃない。四百七十年前どころじゃない。それより遥かむかしの古代に、日本には恐ろしい勢いで外来語が流れこんで来ていたからです」

「どこから？」

「中国」

少し間《ま》を置いてから、隆彦はつづけた。

「そもそも日本列島においては漢字それ自体がもう外来の道具だったんですね。よく見ればそのものずばりだ、漢の字なんだもの。もっとも日本人の漢字の輸入のしかたには二通りありました。中国式の発音をもそっくり受け入れるのと、もとから日本にあった音をむりやり当てはめるのと」

「音読みと訓読み、という意味かい？」

「はい」

隆彦は人さし指を立て、そらに字を書いて見せながら、

「早い話、おなじ『青田』という熟語もセイデンと読むときとアオタと読むときがあるわけです。この場合、セイデンは外来語、アオタは大和言葉すなわち日本古来の言葉ということになります。後者は厳密には外来語とは呼べないでしょう」

「漢字というのは、いつごろから日本に流入したんだい？」

「何しろ古いことだから、だいぶ話がぼんやりするんですけれども、弥生時代、一世紀にはぽつぽつ持ち込まれていたとする見かたが有力です。もっと組織的な輸入となると、これは『古事記』と『日本書紀』、とりわけ後者が恰好の証拠物件になるでしょう。奈良時代、八世紀初頭の成立です。どちらにしても、繰り返しますが、種子島へのポルトガル船の漂着よりも桁はずれに過去のことに属します」

「そうか……なるほど。なるほど」

館長はそろそろとお尻を落とし、つぶやいた。かなり感銘を受けているらしいのが隆彦の目には滑稽だった。ちょっと発想を転換すればごく当たり前のことなのだがと思ったけれども、同時に隆彦は、それが昨晩の自分の姿でもあることを理解していた。

「というわけで」隆彦はふたたび口をひらいた。「私たちは、ここに新たな時代の三分法を得たわけです。すなわち、1古代の中国語、2近世のポルトガル語およびオランダ語、3近代の英語」

隆彦はそれを前もって箇条書きして来ている。小脇に抱えていたクリアファイルから取り出し、館長に渡したのは、それを記した紙だった。たった三行。もはや表を作る必要もない。

「すっきりしたね」

館長は、ほかのあらゆる事務書類を眺めるのとおなじ姿勢でそれを眺め、感想を述べた。隆彦は肩をすくめ、

「ずいぶん遠まわりをしてしまいました」

と言ってから、強い視線を副館長の顔へ向けた。副館長、あなたの「相談」にこんな巧妙な罠がひそんでいたのは偶然ですか？　それとも故意の作問《さくもん》ですか？　そんな呼びかけを込めた視線だった。副館長は口をつぐんだまま、じっと隆彦を見返していたが、ふいに顔をそらし、

「あとは三期それぞれに対応する語を見つければいい。そういうことだな」

「はい」

隆彦は、短く息をついた。館長から紙を受け取り、机に置き、ボールペンで数字の上に語を書き入れた。

1の上に「餡《あん》」。

2の上に「パン」。

3の上に「マン」。

「これを連ねて、こいつらに達したというわけだ」

副館長は、どんな感情もうかがわれない声でそう言うと、積まれた十七冊の本のてっぺんを指でつついた。やなせたかし原作の絵本。アニメのキャラクターを使った絵本。なぞなぞの本。折り紙の本。公式キャラクター図鑑。……題の一部または副題に「アンパンマン」の語を含む本は、これをすべて児童書コーナーから拉《らっ》して来たのだった。

「念のため、注釈がふたつ必要ですね」

隆彦は副館長から目をそらし、館長に対して話しかけた。

「ひとつめは『餡』をアンと読むことについて。もちろん『餡』の字そのものは一世紀の漢字の渡来と同時期にわが国に存在したと見ていいんですが、ただし当初は、おそらくカンとかコンとかいうふうに読まれていました。アンはその後のわりあい新しい時期に日本に定着した、いわゆる唐音《とうおん》なんですね」

「唐音？」

「はい。胡乱《うろん》とか、行燈《あんどん》とかとおなじ系統の読み。この種の音のなかには極端な場合、江戸時代に定着したものもあるため注意が必要なんですが、この場合はだいじょうぶです。私のこの箇条書きでいう2に該当する恐れはない。なぜなら『餡』の字は、近世以前にはもうアンと読まれていたことが『日葡《にっぽ》辞書』という資料により確実だからです。『日葡辞書』というのは」

一六〇三年（慶長八年）に完成した日本語辞書だが、項目名も本文もポルトガル語で書かれているため、当時の日本語の発音を推し量るのに絶好だというようなことを述べたのち、隆彦は、

「ふたつめは、英語のマンmanに関してです。この『人』ないし『男』を意味する単語は、じつは正確には明治以後の輸入物とは呼べないんです。というのも、一六〇〇年、慶長五年にイギリス人の商船員ウィリアム・アダムズ——日本名の三浦按針《みうらあんじん》のほうが有名かもしれません——が豊後《ぶんご》に漂着し、徳川家康の外交顧問になったという事実がありますので。いくら何でも彼の発言のなかに『マン』という基本の語彙がひとつも含まれなかったとは考えにくいでしょう。しかしまあ、日本とイギリスの関係はその後まもなく鎖国により断絶したわけだから、やはり日本に定着したのは明治以後としていいのではないか。大

局的に見た場合、アン、パン、マンの順で渡来した事実にゆるぎはないと思います」

と隆彦が言いきったところで、こんどは楢本が一歩、進み出た。

「それに、発音です」

楢本の顔はこころもち赤い。口調もいつもより興奮ぎみだ。これから話す内容にもう心が昂《たか》ぶっているのだろうと隆彦は思った。と同時に、一瞬だけ、自分も娘を持ってみたいなとも。

「お出しになった条件Bは『人間の子供が最初に発する音《おん》によってのみ構成される』語というものでしたが、アンパンマン anpanman は、それにみごとに当てはまります。まさに赤んぼうでも発音できる言葉なのです。喃語がちょっぴり長くなった、その程度の難しさですから。それでいて複雑な外来語の歴史をきれいに閉じこめてある。これはもう奇跡の固有名詞というほかありません。アンパンマン」

「すごいんだね、やなせたかしは」

館長が、長い息とともにつぶやいた。楢本はうなずき、

「あるいは、日本語はすごいと言ってもいい」

と答えたが、その語尾の消えないうち、とつぜん、高らかに手を叩く音が立ちはじめた。

「よくたどり着いた」

叩いているのは潟田だった。五回、六回。ほかに和す者がいないので、音はひたすら部屋の空気をうつろに震わせるのみ。

「研修は合格と認めよう」

「ありがとうございます」

楢本が頭をさげた。隆彦もさげた。潟田はまっすぐ隆彦の顔を見て、

「正直、いささか残念だよ」ゆるやかに破顔した。「あの図書館の連中は無能ですぞ、アンパンマンの本すら出せませんぞと市長に進言する日をたのしみにしていたんだが。そうそう、安心したまえ、市長はいまのところ図書館の存廃に関しては態度を明確にしていない」

「なんだ、そうなのか」

と、館長が純朴そのものの顔をして胸に手をあてた。楢本もくすくす笑いだす。おそらく館長が調査相談課の課長を兼ねていることを思い出したのだろう。

「これで一件落着だね。さあさあ」

館長はそう言いつつ、潟田の手をとり、持ちあげた。もういっぽうの手で隆彦の手をとり、おなじ高さへ持ちあげる。

「ふたりとも、握手したらどうかな。おなじ職場の仲間なんだから」

「そうですね」潟田がほほえむ。「新参者が出すぎた真似をしてしまいました。お許し下さい、館長」

「構わないよ。構わないよ」

「私にも子供がひとり、おりまして。いまは生意気ざかりですが」

「そうか。潟田さんのうちもか」

「館長は？」

「子供どころか。五月にね。初孫さ」

「それは末頼《すえたの》もしい」

「アンフェアです」

隆彦は手をひっこめた。

「何？」

潟田の目じりから、笑いじわが消えた。

館長も、楢本も、信じられないという顔を隆彦へ向ける。隆彦は、ひるむなよ、口ごもるなよと胸のなかで自分に言い聞かせながら、

「そうじゃありませんか。そもそも副館長の目的は、私たちが『研修に合格しなかったと市長に報告する』ことでした。となれば、事がこうなったら、当然副館長は反対の行動を

とるべきです」

「だから報告しないと」

「違います。反対の行動とは『合格したと報告する』です」

静寂が訪れた。館長がぽかんと口をあけたまま身を固くしているのが隆彦の視界のすみに入った。

「調子に乗るなよ」

と潟田が舌打ちするのへ、

「言いかたが悪いなら謝ります」隆彦はまた頭をさげた。「が、副館長がおっしゃったのは、ご自分に都合のいい情報はこれを本庁に送り、そうでない情報はにぎりつぶす、そういうことでしょう。フェアではありません」

「君たちは有能だ。市長にそう進言しろと？」

「そうは言いません。ただ事実を伝えて下さればいいのです。ただし、そこに一言だけは付け加えてほしいのですが」

「どんな？」

「図書館には、レファレンス・カウンターがある」

隆彦は、胸を張った。言葉がすらすらと出た。

「図書館にはレファレンス・カウンターがあり、そこには人間がいるんです。コンピューターにはぜったい代わりの務まらない、血の通《かよ》った人間が。そうしてその点こそ、図書館という地味な施設の、レンタルショップや貸本屋とは決定的に違う点なのです。その証拠に、私たちがアンパンマンを思いついたのは決して機械的な検索の結果ではありません。もちろん偶然でもないし、いわゆるインスピレーションというのとも違う。それはもっと肉体的な、具体的な作業の終着駅なのです。外来語辞典をひらいて丹念に語彙を書き出したり、赤んぼの発語にまつわる過去の経験を打ち明けたり……だからこそ、或るきっかけで頭脳が猛烈に回転しはじめ、正解をはじき出すことができた。頭脳のみで思考したのではとても無理でした」

「そうしてコンピューターとは頭脳のみの機械だ。そう言いたいのだな」

潟田がおもしろくもなさそうに先まわりする。隆彦の顔にかすかな照れ笑いが出た。自画自讃がすぎたかと我に返ったせいだ。口調もつい口ごもりがちになる。

「まあ、追いつめられたら火事場の馬鹿力を発揮するのも人間特有のはたらきですけれど……」

潟田は仏頂面《づら》のまま、鼻を鳴らし、

「本庁での発言は私の自由だ」

言い捨てると、体の向きを変え、隆彦に背中を向けた。出口のほうへ足をふみだし、

「私はアンフェアな人間だ」

「そうは思いません」

隆彦ははっきりと声を投げた。潟田は立ちどまり、首を少し右へ向け、

「なぜ？」

「人間は案外、レファレンス・カウンターに相談に来ると視野が狭くなるものです。こちらがどれほど求めに忠実に、すじみち立てて本を選びだしても『こんな本じゃない』と一蹴されることはいくらでもあります。それは彼らが自分勝手だとか、理解不足とかいうのではなく、そもそも本と人間のあいだの関係はそれほどデリケートだということなのです。第三者が介入するのはほんとうに難しい。逆に言うなら『こんな本じゃない』と一蹴するのは利用者の特権に属する、そう認めざるを得ない。しかし副館長は、その特権を行使なさらなかった」

「だから不公平ではない、か？」

「はい」

「若いな、オクヤマ君」

と、潟田はあざけるように言うと、ふたたび歩みだした。ノブを引き、ドアをあけた。

と、ふいに振り返り、消しゴムでも取ってくれというような軽い口調で、

「失礼。和久山君」

出て行ってしまった。ドアの閉まる音がかすかに響いた。

残された三人は、どういう言葉を交わすこともできない。ひたすら顔を見合わせるばかり。

と、とつぜん頭の上から電子音が降って来た。天井に設置されたスピーカーがチャイムを流しはじめたのだ。

「開館時間だ」

隆彦はつぶやいた。一日の仕事の本格的なはじまりの合図。だが隆彦は、それだけではない気がした。もっともっと複雑な、大がかりな何かがこれから動きだすのではないか。図書館も、自分の将来も、まるごと引きさらってしまう洪水のような何かが。

肩がかすかに震えはじめた。

ハヤカワの本

1

ずいぶん小さなお婆さんだった。

それでなくても背の低いところへ、腰がヘアピンみたいに曲がっている。胸はほとんど膝にくっついているため、

「ヘルス・カウンターというのは、ここですか？」

と、いくら精いっぱい首をもちあげても、どうしても床《ゆか》に話しかける感じになってしまう。だから隆彦が、

「レファレンス・カウンターのことですか？」

と問い返しつつ、卓面に身をのりだし、はっきり真上から見おろす恰好になったのは仕方のないことだった。

「わかりません」

と相手は答えたきり、口をつぐむ。発音がワカマシェンに近いのは訛《なまり》のせいか、それとも入歯の具合なのかと隆彦が当惑していると、

「図書館には、何でも相談に乗ってもらえる場所があると、そう爺さんに言われて来て……」

「じゃあ、ここだ」

隆彦はにっこりすると、外へ出た。手近な机から椅子を一脚、持って来てお婆さんに勧め、となりに自分がしゃがみこむ。ようやく頭の高さがおなじになったところで、

「どんなご相談ですか？」

とたんに相手はふかぶかと頭《こうべ》を垂れ、

「申し訳ない。うちの爺さん、ここの本を借りて、ずっとお返ししなんだ」

「ああ、それなら」

下の階の、貸出・返却カウンターにおまわり下さい。いつもの癖でそう告げようとしたけれど、いくら何でもよちよち歩きの老婆をたらいまわしにするわけにはと思いなおし、

「お名前は？」

「は？」

「ここでお名前を聞かせて下されば、私がかわりに調べて来ますよ」

「井波《いなみ》トミ」

「いや、その、お爺さんのほうの」

「ああ。仙蔵《せんぞう》です。井波仙蔵」

「本の題名は？」

「ワカマシェン」溜息をついた。「何しろ爺さん、むかしは中学校の校長も勤めたもんで、本箱《ほんばこ》へむやみと本をつめこんだので。どれが借りたものやら、買ったものやら。申し訳ありませんなあ、爺さん、ちょっと、きゅうに出てしまったんで……」

「とんだ迷惑ですよねえ。お爺さん、旅行の前にご自分で来ればいいのに」

と隆彦はねんごろに話を合わせたつもりだったが、次の瞬間、おのれの未熟を痛感することになる。答は短く、

「死んだのさ」

だったからだ。

「あ、それは……」

「いいんですよ。八十八だから大往生だ。ただ旅立つ二、三日前、しきりに気にしてたものだから……」

と、また頭をさげるのへ、

「記録を調べます」

隆彦は立ちあがり、階段をおりた。おりつつ、ほかの利用客がちらちら自分のほうを見るのを肌で感じた。かなりの大声を出したからに違いないと隆彦は気がとがめたが、我ながら、これはやむを得ないことだった。相手の耳が遠かったのだ。

一階に着けば、貸出・返却カウンターには肌の浅黒い、ひきしまった体の若い男の子がひとり。お客がいないので椅子に腰かけたまま、ぼんやり窓のほうを向いている。

「ちょうどいい、鷹取《たかとり》君」

隆彦はそう声をかけ、二階でのやりとりの要点を話した。都内の大学に通う四年生はまじめな顔でうなずき、

「ということは、えーと、延滞書目のリストを呼び出して、借りぬしの名前が『井波仙蔵』であるものを抜き出せばいいわけですね？」

端末のディスプレイと隆彦の顔へかわるがわる首を向けた。

「そのとおり。易しいだろ？」

「……と思います」

「やってごらん」

学生はキーボードの上に両手をのせた。が、指の動きはおっかなびっくりだ。二分音符《にぶ》

だけを弾くみたいに入力が遅い。そっと横から眺めつつ、隆彦は、まあこんなものかと諦めていた。いくら大学で「図書館学概論」だの「レファレンスサービス演習」だの、もっともらしい名前の講義を受けたところで、現場へ来れば何の役にも立たないのは毎年、どの実習生もおなじだからだ。とりわけ今年の鷹取君は、ふだんは授業よりもウィンドサーフィン部の活動のほうに熱心なのだそうで、能率の高い仕事ははじめから期待しようもない。司書資格の修得をこころざしたのも、おおかた一般企業への就職に役立つと誤解したせいだろう。やはりと言うべきか、彼の口から次に出たのは、

「ありません」

という弱々しい声だった。

「手順どおりに打ちこんだかい？」

「そのつもりですが」

隆彦はカウンターをまわりこみ、鷹取君のかわりにキーボードに指をのせ、一から操作しなおした。結果はおなじ。ディスプレイのまんなかに横書の一行、

該当利用者はありません

の文字が点滅するばかり。隆彦はほかの検索も試した挙句、実習生へねぎらいの言葉をかけてから、ふたたび階段をあがり、

「お気になさらず」

椅子に腰かけたままの背中へ声をかけた。横へまわり、中腰になり、

「井波仙蔵という名前の人がここで本を借りた記録はありませんでした。約三十年前の開館以来、ただの一度も。どころか貸出カードすら作ったことがない」

「そんなはずは」

老婆が立ちあがり、隆彦に正対《せいたい》した。小さな体が大きく見えた。

「たしかに虫の息だった。体ももう動かなかった。が、頭ははっきりしてたんだ。ぼけてなんかいない」

「それは……」

隆彦が言葉を濁《にご》したのは、ただちに思い浮かんだのが盗難の可能性だったからだ。お爺さんは何らかの不正な方法を用い、この館から本をもちだし、自分の棚に収めたのではないか。その上で、お婆さんには「借りた」といつわりを述べたのではないか。隆彦は、質問を重ねることにした。

「具体的には、どんな本だとおっしゃってましたか?」

「うーん」

老婆はまた腰をおろし、考えこむ。苦い薬でも飲みくだしたように眉間にしわを寄せ、

「私には、本のことは、さっぱり」

「どんな小さなことでも構わないんですが」

「はやかわ……」

「え？」

「早川図書が、どうのこうのと」

「ハヤカワトショ」隆彦は一瞬、間《ま》を置いたのち、「ああ、版元の名前か。早川書房」

「……かなあ」

「ほかには？」

「そうそう」膝を打った。「二十冊はあると」

「二十冊。この図書館の本が？」

「はい」

「間違いない？」

「ありませんよ。あの人、病院のベッドの上で、こう、持ちあがりもしない手をむりやり持ちあげ、指を折ったんだ」

貸出点数の上限を大幅に超えている。隆彦は暗然としつつ、

「背《せ》にラベルが貼ってあるような本は、お宅には？」

「ない。……と思います」

「表紙をひらくと、扉《とびら》のところに蔵書印が捺《お》してあったり」

「扉？」

「タイトルと著者名が印刷されたページです」

「私は、なかは見ないから」

「借りたのは、いつごろだと？」

「だいぶん前らしいけど。それこそ図書館ができて間《ま》もなく」

と、ひとつひとつ答えるトミさんの顔つきは真剣そのものだ。あたかも使命感をしわの一本一本にくっきり刻んでいるようなのが、或る種の木造仏《もくぞうぶつ》を思わせる。

「わかりました」

隆彦は腰をのばし、二、三度、屈伸《くっしん》運動をしてから、

「ちょっと時間をいただきたいと思います。後日あらためて……」

来て下さい、と言おうとして口をつぐんだ。この歩幅の極端に小さい人にたびたび足を運ばせるのは気の毒だと判断したのだ。何時間かかるかわかりませんが館内でお待ちをと

も言えない。しばしの思案の末、隆彦はカウンターに取って返し、閉架図書の請求票および自分の名刺を一枚ずつ持って来た。まずボールペンといっしょに請求票を渡し、

「きょうのところはお帰り下さい。何かわかりましたらご連絡をさしあげますので、ここに連絡先だけご記入をお願いします。もし何か、新しいことを思い出したら、これが私の名刺です、お電話下さい。結果いかんによっては、ふたたびお越しいただかなくてもすむよう配慮します」

それは助かります、よろしくお願いしますと隆彦の手をとって頭をさげる老婆をようようエレヴェーターの前へみちびき、もとの持ち場へ戻った。戻りつつ、

「厄介な仕事だ」

つぶやかざるを得なかった。

五月はじめの午前十時。窓の外はうららと晴れている。

2

おなじ日の午後、隆彦は館長から呼び出しを受けた。

ドアをノックして館長室へ入ると、館長はどっしりとした樫《かし》製の机に向かい、何やら書

きものをしていたが、

「和久山君か。ご苦労」

顔をあげ、万年筆のキャップをはめた。隆彦はその正面に立ち、

「何かご用で？」

相手は背もたれに背をあずけ、白い歯を見せ、

「見ていたぞ、お婆さんとのやりとり。愉快な案件じゃないか。どう見る？」

スポーツカーのようにきびきびと問う。隆彦はつかのま顔をそらしてから、愛嬌もへったくれもない口ぶりで、

「版元がおなじ早川書房でしかも二十冊となると、おそらく単行本をあちこちから一冊ずつ引き抜いたのではないでしょう。同一のシリーズ、そう、ハヤカワ文庫か、ハヤカワポケットミステリあたりをまとめて……」

「盗んだ？」

「決めつけるわけにはいきません」隆彦は早口に応じた。「開館以来、約三十年ぶんの紛失本リストにその形跡があるかどうか、まだ点検がすんでませんから。鷹取君にまかせているところですが」

「鷹取？」

「実習生です。三週間の予定で来ています」

「ああ」

「それに、点検がすんだとしても、最終的には実際の架蔵状態との突き合わせが必要になります。つまり現実に書架にならぶ本と、コンピューターに登録されている蔵書のリストとを一点一点……」

「その場合にも、突き合わせの対象はハヤカワ文庫その他になるわけだな」

館長はみょうに顔をゆがませた。笑っているようだった。

「……何かご意見が？」

「いやいや」表情をもとに戻し、「たいへんな作業だ。同情を禁じ得ん」

「部下の不運をおもしろがるようにも見えましたが」

「とんでもない。部下の不運は」

みずからの胸へ手をやり、潟田直次はにやりとした。

「館長の不運だ」

今年の一月、副館長として赴任して来た男だ。仕事はじめの日の朝にいきなり図書館無用論をぶちあげたばかりか、研修と称し、隆彦たち調査相談課の職員にきわめて高度な本さがしを課した。隆彦たちは何とかそれをクリアし、無能と証明されることを回避したけれど、その後も情況は悪化するばかり。その情況の悪化のひとつの節目《ふしめ》となるのが、先月、四月一日《いっぴ》の人事だった。館長の定年退職にともない、副館長が新たな館長へと昇格したのだ。

新館長、潟田直次はさっそく鉈《なた》をふるった。本庁へみずから足を運び、N市の一般会計からの図書館への支出をざっくり削るよう申し出たのだ。と同時に、館内の部下に対してはさまざまな業務の見直しを命じた。その結果、これまで児童書コーナーで毎週土曜日午後におこなわれていた「読み聞かせ会」は無期延期と決まったし、年に二度の映画上映会および図書展示会ももう実施しないこととなった。後任の副館長職はこれを空席としたし(名目上は潟田の兼任)、かろうじて二つの地区に生き残っていた分館もこのさい閉じることとした。当然、もっとも支出額の大きい図書購入費が目をつけられないはずがない。結局、

「冗談じゃない!」

とか、

「公立図書館の生命線でしょう?」

とか、

「枝葉《えだは》を刈るならまだ我慢します。しかし幹《みき》まで刈ってしまっては、ぶなの木そのものが

死んでしまう」

とかいう隆彦たちの猛反対をあっさり聞き流した挙句、新館長は、それを前年度に比べてじつに三分の二にしてしまった。

ただし、こんな暴戻《ぼうれい》な庭師もただひとつ、はさみの刃先《はさき》を向けなかったものがある。都内の大学から図書館実習生を受け入れるという古くさい慣習だ。ほんとうを言うなら学生なんぞ、手伝わせれば手伝わせるほど図書館の業務はとどこおるいっぽう、迷惑この上ないのだけれど、にもかかわらずこの細枝《ほそえだ》が落とされなかったのは、実際のところ、受け入れておけば後日、大学から謝金《しゃきん》がふりこまれるのがこの世界の暗黙の了解になっているせいではないか。

「新しい館長は、お金の出入《でい》りにうるさいから」

職員たちは、そんなふうに溜息まじりに言いあうのだった。

とはいえ、四月一日に着任した人間がこんな改革をすぐさま実行できるはずがない。事前の準備が必要だが、どうやら潟田はこれをたいそう周到におこなったらしい。これは噂にすぎないが、潟田はずいぶん前から本庁へしばしば出向き、豊富な人脈をあたり、思いどおりの内示をとりつけることに成功したという。それがすなわち図書館の予算を減らし、四月からは自分が館長になるという内示にほかならなかった。

その目的は、もちろん自身の出世ではない。ぶなの木を殺すことだ。図書館そのものを倒すことだ。そうして隆彦の見るところ、この有能きわまりない上司はそのために必要な煉瓦《れんが》をひとつずつ着実に積みつつある。大目的に近づきつつある。

それなのに。

と、隆彦はこのところ自分の心を噛むことが多い。それなのに自分は何ひとつ食いとめられない。ふだんの業務をふだんどおり右から左へ送りこむだけ。ときたま潟田にあてこすりじみた言辞をぶつけるのが精いっぱいの抵抗か。そう、たとえば、部下の不運は館長の不運などと揶揄《やゆ》されたら、

「ありがとうございます。何でしたら、館長みずから作業に従事なさったらいかがですか？」

「うん？」

「不運がいっそう濃厚に味わえると存じますが」

低い声で言い返すという具合に。もっとも潟田は、この程度の反撃など砂ぼこりほども気にしない。すぐさま、

「隊長は一兵卒とおなじ仕事はしないものだ」

と受け流し、なお愉快そうな表情のまま、

「私はとても忙しいんだ。こんな作文もしなければならんのでな」

机に広げたコクヨの原稿用紙をつまみあげ、隆彦によこした。

隆彦はさっと目を走らせた。ブルーブラックの太い線があたかも流れるように縦につらなり、デスマス体の文章をなしている。読みやすくはない。二十字二十行の罫《けい》はほぼ無視されているし、吹出しや見せ消《け》ちも多いからだ。それでも目をこらすうち、隆彦は、どうやらスピーチか何かの草稿のようだと認める。と、ふいに、

「これは……」

頰のこわばりが自分でもわかった。潟田は、

「なかなか興味ぶかい内容だろう」

隆彦は、原稿用紙を持った手をだらりと体の前へおろし、

「館長の廃館論が……おおやけに？」

「来月が山場だ」

潟田は答え、表情をひきしめた。

「今年度の予算が可決されてほっと一息、しかし来年度の予算案はまだ本格的な討議に入らない。そういう時期こそ、図書館の存廃という大がかりな主題をまな板にのせるに絶好なのだ。まな板とは、ここでは市議会の文教常任委員会だな」

「現在、委員の議員は七人でしたか」

潟田はうなずき、

「そのうち与党会派は五人。要するに、この五人にうんと言わせれば話は決まり、ゲームセットだ。もちろん最終的には本会議にかけなければならんが、あれはしょせん追認機関だからな」

隆彦は、二の腕のしびれるのを感じた。

読んだのは冒頭のみながら、このゆち論旨がどう展開するかは、たなごころを指すように明らかだった。かねがね朝礼のおりやら四方山《よもやま》話のついでやらに聞かされたことの繰り返しに決まっているからだ。しかし事ここに至っては、それはもう無精卵ではない。市政の場におどり出てこの世の現実へと孵《かえ》らんとする、議案という名のれっきとした有精卵にほかならない。

「感想は？　和久山君」

綿毛《わたげ》の舞うような口ぶりで問われたのへ、隆彦は沈鬱《ちんうつ》に、

「破り捨てたい」

「どうぞ」耳のうしろを指で掻いた。「もういちど書けばいい話だ」

そんなことはわかっています。そう言い返そうとしたが、口に出なかった。あの無力感

にまたしても襲われたのだ。一介の職員はしょせん何ごとをも食いとめられない。こまごましい業務のために右往左往して日を送るほかない。どれほど烈々たる思いを抱いたところで、そう、N市の条例ははっきり定めているではないか。委員会に出席できるのは課長または課長と同等の職位にある者のみ。図書館では館長のみ。

「……ひとつ」

「うん？」

「ひとつ、うかがいたいのです」

隆彦はことさら声をひそめた。そうしなければ泣きだしてしまいそうだった。

「どうして図書館をそれほどお嫌いに？」

「おいおい」椅子に座りなおし、「いまさら何を。好き嫌いの話ではないんだ。つまるところ問題は……」

「財政的な条件にある。そのことは理解したつもりです。けれども私は、いまは好き嫌いの話をしたいのです。館長は本好きです」

「何？」

潟田は椅子を引き、わずかに座面を左へまわした。隆彦をななめに見あげるかたちになった。隆彦もそちらへ視線を動かし、言葉をつづけた。

「間違いありません。本好きでなければ、今年の一月、どうしてあんな複雑かつ知識を要する研修問題が作れたでしょうか。ひょっとしたら……」

と、そこで言いよどむ部下を、館長は、

「ひょっとしたら？」

あごをしゃくり、うながした。隆彦はつばを呑みこんでから、

「司書の資格もお持ちなのではありませんか？」

一瞬の間《ま》ののち、潟田はしのび笑いをもらした。

「発想が柔軟だな、和久山君。ほんとうに柔軟だ。不正解」

「そうでしたか」

隆彦の頭がひとりでに垂れる。館長は、人さし指の先で二度、卓面を打ち、

「だがまあ、まんざら嫌いでもないのかな。少なくとも、家に帰れば未読の本の置きどころには困っている。本棚一本そっくり占めて、なおあふれ出るのでな」

「それはすごい」

隆彦は顔をあげ、

「そうでもない」

「いや、けっこうな読書家かと」

と、これは純粋に敬意を呈したのだが、相手は横を向き、舌打ちをし、

「かりに読書が好きだとしても、読書家は嫌いだ」

吐き捨てた。意味がわからない。次のせりふを待っていると、

「むかし若い議員がいた」潟田は顔を戻した。「小橋雄馬《こばしゆうま》という名前だ。たった二十五歳で市議選に初当選し、三年後の次の選挙ではトップの得票を得た。けだし当然の結果であると誰もが口をそろえて評価したものだよ。腰が低いし、勉強熱心だし、些細な数字にふりまわされない判断力もそなえていたし。それに、たしか実家は幼稚園を経営してたんだ」

「あ、小橋学園？」

「知ってるのか」

「うちの閉架の、小橋文庫の……」

「小橋文庫？」と潟田は聞き返してから、「ああ、あの店《たな》ざらしの」

「厳重な管理下に置かれた、と言って下さらねば」

「公式的な言いかただな」

「館長の仕事の第一は公式的であることです」

「肝《きも》に銘じよう」鼻であしらい、「とにかく彼は、地盤も資金力もじつに手堅いというこ

とだよ。N市のような小さな自治体では、名士一族というのは思わぬところへ人脈の手をのばしているからな。ゆくゆくは市長になるか、それとも都政や国政に転じるか……しかし彼は、読書家だった」

隆彦が口をさしはさまないので、潟田はつづける。

「あまつさえ文学青年ときた。おかげで若獅子はいったん自分を疑いだすと引き返すことを知らず、しだいに他人との接触そのものを嫌がるようになった。あの『自分』というやつの黒い毒気にあてられたんだ。そうしてとうとう、次の選挙へは出馬しなかったというわけさ。いまはどこでどうしているやら。せっせと文芸評論だか何だかを書きつづっては出版社に送りつけ、あそこは返事のひとつも寄こさない、不誠実だなどと周囲の人間にあたりちらしているとも聞いたがな。かくしてN市はひとりの有能な指導者を失いましたとさ」

「例が極端です」

「認めよう」即座に応じた。「しかし本というものの蔵する危険をよく示す例ではあるだろう。本は酒とおなじだ。ほどほどにしないと体をむしばむ。むしろ本のほうが、たちが悪いかもしれないな。百升《しょう》飲めば酒飲みは恥じるが、本読みは読んだぶんだけ誇り顔になる。世間もいましめない」

「それは読書に限らないでしょう。ジョギングも、温泉旅行も、レストラン通《がよ》いも、結局はおこなう人しだいです」

「いい意見だな。しかし和久山君、それなら君はこう言うのかね？　だから市立ジョギング館を作るべし。市立温泉旅行館をつぶすべからず」

「……言いません」

「ならどうして図書館にのみ言う？」

と、罪人《ざいにん》に手枷足枷《てかせあしかせ》をはめるような手際のよさで隆彦を追いこんでから、

「反論は？」

「あります」

「承ろう」

「遺憾ながら」隆彦は腕時計をちらりと見た。「持ち場に戻る時間です」

「退室してよし」

館長は、隆彦の手から原稿用紙をつまみとり、

「君としゃべるのは楽しいよ。これは心底そう思うんだ。ときどき強《し》いて年長者の助言を軽《かろ》んじる気配の見えるのが玉に瑕《きず》だがな」

とつけ加えたが、これも冗談をたのしむ域を出なかった。隆彦は、

「気をつけます。では」

力なく一礼した。ふりかえり、蹌踉《そうろう》として出口を目ざすその背中へ、

「思い出した」

潟田はあたかも財布から小銭を出すみたいに声をかける。隆彦が首だけをうしろへ向けると、

「例のお婆さん。井波さんと言ったかな」

「はい」

「連れあいの名は？」

「仙蔵」

「井波仙蔵か」

「ご存じなので？」

「いや」

「中学校の校長だったそうですが」

「そうか」館長は言葉を濁し、「ともあれ私よりも年長だな」

「はあ」

「くれぐれも軽んじないことだ。お婆さんの言うことを聞け」

「それは」目をしばたたいた。「館長の業務命令ですか」

「違う」

潟田はふたたび原稿用紙を机に置き、目を落とした。万年筆をとりあげながら、

「本好きのアドバイスだ」

3

隆彦は館長室を出た。

じつを言うと、レファレンス・カウンターの出番にはまだ十分《じっぷん》ばかり間《ま》がある。嘘をついたのだ。

「馬鹿」

隆彦は、うしろ手にドアを閉めるや、おのれのこめかみを殴りつけた。

「何というまねを」

きつつきが木を打つように殴りつつ、事務室をとおりぬける。事務室の扉をひらき、開架図書室の書架をかすめ、乱れた足どりで階段をおりる。

逃げ出すことはなかったじゃないか。自責はその一事につきた。たとえ有効な反論が考

え出せなくても自分はあの場にふみとどまるべきだったし、よし逃げ出すにしろ、あんな姑息《こそく》な嘘をつくべきではなかった。これでは二重の負けではないか。

が、もう遅い。いまさら飛んで帰って再戦をいどみかけられはしないのだ。隆彦はおしまいの一発にとりわけ力を込めると、肩を落とし、二階を素通《すどお》りした。さしあたり行先は一階の貸出・返却カウンターしか思い浮かばなかった。そこには少なくとも、実習生の鷹取君の様子を見るという手ばやい口実があるからだ。同僚へのではない、自分自身への口実が。

「あ、和久山さん」

鷹取君はカウンターのはしっこの椅子に腰かけ、一枚のA4の紙とにらめっこしていた。指導担当に気づいたとたん、困ったような顔になり、

「紛失本リスト、出したんですが」

「結果は?」

「これしか」

カウンター越しに腕をのばしてきた。隆彦は書類を受け取り、

「だめか」

いっそう声を沈ませるほかない。その本文部分には、横書の字でたった一行《ぎょう》しか印字

されていなかったのだ。

紛失本リストというのは、文字どおり、あるはずなのにない本の一覧だ。より正確に言うなら、コンピューターに登録されているにもかかわらず実際に書架にない本の一覧。

そのリストのなかから早川書房刊のものを抽出することを、隆彦はこのたび作業の手はじめに選んだのだった。その結果、もし同一のシリーズのなかに二十冊前後の紛失本が見つかれば話が早い。それらは現在、お婆さんの連れあいの遺品のなかに含まれるとみてほぼ間違いないだろう。隆彦はそう当たりをつけ、実習生に実務をゆだねたのだが、南無三《なむさん》、そうそう楽はさせてもらえなかった。

「待てよ」

隆彦は紙を持ちなおした。ほんとうに彼は正しい手順をふんだのだろうか。自分には小枝を折るより易しい作業だけれども、何しろ彼はまだ来て四日目、その上しょせんは事務的訓練をまったく受けていない大学生にすぎない。

「案の定だ」

「え？」

「見なよ」

隆彦はそう言い、書類の天地をひっくり返し、相手に示した。と同時に、冒頭の検索語のところを指さす。ふだんは自明のことと目もくれない箇所だった。

「私はたしか、早川書房の本を抜き出すよう言ったはずだが。これは早川図書のリストだよ」

図書というところに力を込めたが、返事はたいそう曖昧《あいまい》に、

「はあ」

「まぎらわしいのはわかるけど」

「でも……」

「でも？」

「お婆さんが、そう言っていたんじゃ」

隆彦はいっそう気ぜわしくなり、

「だからさ、言っただろ。それは早川書房のことだよ。お婆さんが勘ちがいしたんだ。君も一冊くらい読んだことあるだろ。ミステリとか、ＳＦとか」

「はあ、まあ……」

「中学生や高校生のころ、いったい何してたんだい？」

呆《あき》れて問うや、色黒の若者はきゅうに背すじをのばし、

「ウィンドサーフィン」明快な口調になった。「実家が千葉で、海が近いもので」

もういいよ、と隆彦は苦笑いしつつ、書類を相手にさしだしたが、相手が取る前にひっこめ、

「待てよ」

まじまじと見なおした。見なおしても、やはり本文部分には一行しか印字されていない。

「逆に言えば、一冊は出ている」


武居《たけい》権内《ごんない》『日本図書館学史序説』昭和51年　早川図書

「そういう版元もあるのか」

隆彦はつぶやいた。鷹取君が、横からのぞきこみながら、

「両方あるということですね？　早川書房も、早川図書も」

あるみたいだと応じつつ、隆彦は、さっきの館長の進言を思い出している。お婆さんを軽んじないことだな。くれぐれも。あれはこのことを指していたのか。

「だとしても」

隆彦は実習生に文書を渡し、なかば自分自身へ言い聞かせた。

「やはり全面解決には至らない。お爺さんが……井波仙蔵さんが持ち帰ったのは二十冊前

後なんだから。もちろん、そのうちの一冊がこれかもしれないという推測は成り立つけど」

「解決への一歩、ではありますね」

鷹取君の頰にこころもち赤いものが差したので、隆彦が、

「次はどうしよう」

と、わざと小首をかしげて見せると、罠に落ちたというべきか、実習生は、

「決まってるでしょう。もういちど紛失本リストにあたるんです。こんどは『早川書房』を抽出しましょう」

勢いよく車輪つきの椅子をすべらせ、端末に向かった。二度目だからか、それとも自発的な作業だからか、キーボードを叩く手は速い。十六分音符の連続だ。じゅうぶん満足すべき短時間ののちプリンタがA４の用紙を吐き出すと、

「五冊です」

鷹取君はざっと目を通し、うなずいてから隆彦に渡した。自分が先に一瞥《いちべつ》したのだ。小さなことだが、これも仕事に責任を感じはじめた証拠。いい調子だと隆彦はほんのりしたものを感じながら、

「一冊と五冊か」紙を指ではじいた。「足りないな。どちらを採《と》るにしても」

「ほかはどうだろう」

鷹取君はさらに検索語を打ちこむ。早川出版、早川堂、早川書店、早川館、早川書林……ありそうな社名をつぎつぎと試みる。このあたりの連想力はなかなか貧しくないと隆彦は目をみはったが、考えてみれば、これも貸出業務の繰り返しのたまものなのだろう。機械のように単純な作業にも取柄はあったのだ。結果は出なかった。当該書籍はひとつもなし。

「こうなったら」隆彦は溜息をついた。「あとはもう突き合わせしか」

「突き合わせ？」

「コンピューターに登録されている本がほんとに並んでるかどうか、書架の前でひとつひとつ確認するんだ。早川書房および早川図書の刊行物について」

「……ぜんぶ？」

「ぜんぶ」

学生はあからさまに顔をしかめた。隆彦はほがらかな顔を作り、

「早川図書のほうは大したことないと思うよ。おそらく小さな出版社だし、したがってこの図書館もたくさんは所蔵してないだろうから。ターゲットはやはり早川書房のほうだ。いったん開始すれば作業はけっこう迅速に進むだろう」

が、鷹取君はそらぞらしい言いくるめと受け取ったらしく、

「お婆さん、そろそろ家に着いてるでしょうね」

と見当ちがいのことを持ち出した。隆彦が聞き返すと、

「いまから直接、家探《やさが》しに出向くほうが近道なんじゃないかなあ」

「無理だよ」

発想のあまりの素朴さに、隆彦はつい声を放って笑ってしまう。

「行政の仕事はつねに一網打尽を目ざすものなんだ。ということは、ふつう住民への個別のサービスはしない。そんなことをして、じゃあうちにも来てくれよなんて隣家のあるじに言われたら断る理由がないからね。N市の人口三十万をいちいち手当てするわけには……」

と、そのとき、卓上の電話がかすかな電子音を鳴らしはじめた。赤いランプの点滅は内線の表示だ。受話器をとれば、レファレンス・カウンターの先輩、楢本さんの早口が、

「和久山君に外線だよ。井波さんというお婆さんから」

つないでもらうと、

「和久山さんですか」

言葉を交わしたのが数時間前とは思えないほど昔なつかしい、あたたかい、しわがれた

声。はい、先ほど相談に見えた方ですねと応じると、

「ハヤカワトショ」

「え？」

「家に着きましてね。いろいろ思い返したんですが、やっぱり早川図書ですよ」

隆彦はおそるおそる、

「記憶ちがいということは……」

「ない」断言した。「やっぱり爺さんは早川書房なんて言ってない。そりゃあ私もこのごろは物忘れが激しくなるいっぽうだが、あれは別です。六十年も連れ添った私らの、最後に交わした言葉だ」

毅然とまなじりを吊り上げるさまが目に浮かぶ。数時間前とは別人のようだった。隆彦は受話器を耳から離し、ぼんやりと鷹取君のほうへ目を向けるしかできない。

4

翌々日。

隆彦はひとり、職員専用の休憩室でお昼ごはんを食べていた。食べ終わり、椅子から立

ちあがると、

「突き合わせ、終わりました」

鷹取君が、小走りに入って来た。隆彦はごみ箱へ弁当殻《がら》をぽんと放り投げてから、

「早いね」

「和久山さんの言ったとおりでした」小さいガッツポーズ。「ターゲットが早川書房、しかもシリーズものということになると、シリーズごとに開架の特定の箇所にぎっしり寄り添ってるんですね。ポケミスならポケミスの棚、ハヤカワ文庫ならハヤカワ文庫の棚、あちこち探してまわる必要はなかった」

「結果は？」

隆彦は、流し台のほうへ歩を進めつつ問うた。鷹取君はいよいよ興奮ぎみに、

「おととい端末で呼び出した五冊を含めて、和久山さん、ぜんぶで何冊だと思います？」

「何冊だい」

「二十冊。リストも作りました。一階でお見せします」

隆彦が失望の色をあからさまにしたので、実習生は不満そうに、

「大あたりじゃありませんか」

「ということはだよ」

隆彦はふうと声を放ち、流し台の前に立った。左手に持っていた透明な筒状の容器のふたをあけ、歯ブラシおよび歯みがき粉のチューブを抜きとり、

「この図書館には、ひとつの出版社の刊行物だけで、職員の把握していない紛失本が十五冊もあったということだ。しかもその十五冊には、文庫および新書以外の紛失本は含まれない」

「ああ、まあ……」

「これはいっぺん、蔵書の臨時総点検をするほうがいいな。二週間くらい完全に休館にして、職員全員で」

そうしなければ、今後十年、二十年のスパンで考えた場合、雨だれが石をうがつ恐れがある。サービスの質がきゅうに落ちる恐れがある。そう続けようとして、隆彦は口をつぐんだ。どれほど遠謀《えんぼう》をめぐらしたところで、実《み》をむすぶかどうかは館長のあの得意顔を思い出せば悲観せざるを得ないからだ。十年どころか、来年の存続も危うい。隆彦は押し黙ったまま、歯ブラシを口のなかに突っ込んだ。

「いいんですか？」

「何が」

「ついてませんけど。歯みがき粉」

隆彦はあわてて歯ブラシを抜き、白いペーストを引いた。ことさら荘重な顔つきになり、

「話を戻そう。鷹取君、君としては例の問題はこれで決着がついたと考えるわけだね？」

実習生は真摯《しんし》にうなずき、

「一から整理するなら、井波仙蔵さんは、おもにハヤカワ文庫とポケミスの棚から本をちょいちょい引き抜き、持ち帰ったんです。その結果、図書館には二十冊の紛失本が生じたわけですが、よほど手口が巧妙だったんでしょう、職員はまったく気づかなかった。そののち、何かのきっかけにより――利用者からリクエストが入ったとか――五冊の不在が判明し、紛失本リストに記載されはしましたが」

隆彦は歯ブラシを口から抜き、

「その大がかりな盗みを、お爺さんは死の床《とこ》でようやく後悔し、返却するようお婆さんに遺言した。そう言いたいんだね？」

「はい」

隆彦はうがいをし、ハンカチで口のまわりを拭いてから、

「早川図書のほうは？」

「調べました。そうしたら、早川図書の本は例の一冊しか所蔵してないことがわかりました。その一冊が紛失本になったわけです。やっぱりお爺さんと関連づけるのは難しいと思

います」

「けど、お婆さんは電話で……」

「高齢ですから」トマトの蔕《へた》でも切り落とすように答えた。「何しろ版元の名前がまぎらわしい。本のことを知らなければ誤るのも無理はない」

「君自身は百年も前から知ってるみたいな口ぶりだね」

と隆彦はからかい、鷹取君を照れ笑いさせてから、

「将来のための、いい経験になると思うよ。どんな仕事にもデータベースはつきものだし」

「はい」神妙な顔つきになった。「思うんですが」

「どうぞ」

「正直、僕にはそのデータベースというやつがいまひとつ、しっくり来ないんです。こんなにたくさんの本が、ぜんぶ、一冊残らず、コンピューターに打ち込まれるなんてあり得ますかね？　実際には二百点や三百点、登録もれがあるんじゃありませんか。やっぱり人間のやることには限界があると思うけど。いまの紛失本にまつわる情況からもわかるとおり」

素朴だが、それだけに誰もが一度は抱く疑念といっていい。隆彦は首をふり、

「二点や三点なら、君の言うとおりかもしれない。が、社会人をなめんなよ。業務のため

に絶対必要なものの構築と維持のために私たちが費す努力は、まだまだ君の想像を絶するんだ。新しいデータを入力したらそのつど二重三重のチェックをかける。内容に誤りがないかどうかも複数の人間の目でいちいち点検する。出力もいろいろな形式の表でおこなうよ。たえず新鮮な視点でデータを見なおせるようにね。定期的にバックアップをとるのは断るまでもない。紛失本のような不測の事態が相手の仕事とは話が違うんだよ。……もっとも」

「もっとも?」

「うん」隆彦はつかのま宙《そら》を見た。「小橋文庫は別か」

「小橋文庫?」

「店《たな》ざらしの本たちさ」

と隆彦は非公式的な形容を用いたのち、解説を加えた。

戦後日本商業史上、いちばん有名なN市出身者はおそらく小橋太三郎《たさぶろう》だろう。「紅茶の小橋」との異名をたてまつられた財界の巨星だ。

二十五歳のとき終戦をむかえた。歩兵として配属されていた樺太《からふと》から命からがら内地へ戻ると、横浜でささやかな輸入商をいとなみはじめた。その名も平らかに「小橋商店」と掲げた彼の会社は、はじめは目立たぬ存在だったけれど、半年くらい経つと、やにわに存在感を示しはじめた。ロンドンから紅茶の茶葉を輸入したのが時好《じこう》に投じたのだ。
ただし、それは決して優雅な取引ではなかった。むしろ優雅とは正反対だった。何しろロンドン市内のホテルや飲食店の勝手口へかたっぱしから足を運び、使用ずみの茶葉を安い値《ね》で買いとり、乾かした上で日本へ運びこんだのだから。文字どおりの二番煎じ、西人《せいじん》の糟粕《そうはく》をなめる商い。これを日本国内で卸《おろ》したところ、喫茶店や香料製造者がとびついたのだ。

「欧米からの直伝《じきでん》でしかも少しばかり風味がついていれば、何でも歓迎された時代だったんだね」

　と息をついたとき、隆彦はまた休憩室の椅子に腰かけている。テーブルの反対側に座を占めた実習生へ、

「この会社はさらに業績をのばした。きっかけは五年後の朝鮮戦争だ」

　この隣国どうしの衝突が激しさを増すと、韓国を支援したアメリカ軍が、前線の兵士に送るため、茶葉を大量に買いあげたのだ。この特需でたっぷりと資本を蓄積したN市出身の元《もと》一歩兵は、繊維、酒類、貴金属などにも手を出し、いよいよ成功の規模を大きくした。いまはもうこの世の人ではないけれど、会社自体はいまも中堅の総合商社として隆盛をつづけ、生彩を放っているという。

「その小橋太三郎の晩年の道楽が、つまり古書道楽だったんだ」

「古書」鷹取君は目を見ひらき、「勉強熱心だったんですね」

隆彦は首をふり、

「やっぱり投機目的だったようだよ。将来の値あがりを期待して古典籍《こてんせき》を買い入れたんだ。大部分は近世の和本」

「値あがりしたんですか？」

「さっぱり」隆彦は苦笑いした。「彼の取引の、数少ない失敗例だね」

そんなわけだから、もう三十数年前になるが、彼が愛人のマンションの部屋でとつぜん心臓発作を起こして亡くなると、本なんぞは遺族には単なるお荷物でしかなかった。見た目にかならずしも清潔でないし、置いておいても虫が寄るだけだし、売りとばしたところで莫大な相続税の支払いの足しにはなりそうもなかったからだ。結局、彼らが選んだのは、「一家の名を遺《のこ》すことだった」

すなわち、小橋文庫の名を冠することを条件に、生まれ故郷の図書館への一括寄付を決めたという次第。

「もっともまあ、図書館のほうとしては」隆彦はつづけた。「しぶしぶ受け入れた、というのが正直なところだったんだね。郷土の重要人物がからんでなかったら、たぶん理由を設けて拒否していただろう。いかんせん投機目的であるだけに収集の方針は無定見で、書誌学の対象になりづらいし、そのくせ数だけは膨大だし。五百巻はあるらしい」

「そのとき和久山さんはもう図書館に？」

「とんでもない」失笑がもれた。「私はまだ赤ん坊だよ。図書館が昭和五十三年に開館した、その直前の話だそうだから。逆にいえば、当時の職員は、開館まぢかの大いそがしの時期にどっと和綴《わと》じの本を押しこまれたわけだ。いまは手をつけないでおこう、落ち着いたら整理しようと申し合わせたのも無理はないよね。そうして組織というものの内部にあっては、落ち着いたら片づけようという仕事は、しばしば永遠に片づかない」

「そんなもんですか」

「そんなもんだ」

「なにが社会人をなめんなよ、ですか」

鷹取君が笑いながら言うのへ、隆彦は、

「面目ない」舌を出して見せた。「ちなみに、それらの本はいまも閉架書庫の一角にどさりと積んだままだ。いちおう桐箱《きりばこ》に収められてるけれど、私ですら指一本ふれたことがない」

「すごいなあ」

「何しろ大変なお金持ちらしいから。いまでも」

「違いますよ。和久山さんがすごい」

「私？」

隆彦が目をしばたたくのへ、鷹取君は両腕をひろげ、

「そんなふうに普段まったく意識していない備蓄物のことを、この期に及んですらすら思い出すなんて」

隆彦はみょうな心持ちになり、次の言葉が見つからなかった。

館長のおかげと気づいたからだ。もしも館長があの日、二十五歳で初当選した元市議会議員の逸話を持ち出していなかったら、自分も当然、小橋文庫を思い起こすことはなかったに違いない。というのも、文学の毒にあてられて議会から身を引いた小橋雄馬という人は、ほかならぬ「紅茶の小橋」と呼ばれた大商人の兄の孫にあたるのだ。実家の幼稚園というやつも、当初の運転資金はどうやら紅茶屋から出たものらしい。そう、N市のような小さな自治体では、名士一族というのは思わぬところへ人脈の手をのばしているのだ。

「それじゃあ、行きましょうか」

鷹取君は立ちあがり、出口のほうへ歩きだした。なだらかな仕草だった。隆彦は目を丸くして、

「……どこへ」

「桐箱へ」

「なんで？」

鷹取君はふりかえり、あたかも父親の服装のだらしなさを叱る高校生みたいな顔つきになり、

「決まってるでしょう。小橋文庫はいうなれば宙ぶらりんの蔵書です。実在しているが、しかしデータベースには登録されてない。当然、利用者への貸出の対象にもならない」

「それはまあ、そうだけど」

「となれば例のお爺さん、井波仙蔵さんは、そこから持って行った可能性が高いじゃありませんか。いまとなっては手口はわかりませんけど、とにかく開館当初のどさくさにまぎれ、盗み去ることに成功したんだ」

「と考えれば、紛失本リストの問題をクリアできる？」

隆彦はゆっくりと立ちあがり、問い返した。失望の色を隠そうともしなかった。相手がはいと答えると、

「版元の矛盾は？」

言葉につまる実習生。隆彦は鼻から息を吐き、

「江戸時代には早川書房も早川図書もない。どちらも戦後に設立された会社だ。新鮮なアイディアに飛びつくのはいいけど、足もとを見なきゃ」

「そうでした」

ふとん圧縮機にかけられたみたいに鷹取君は肩をちぢめ、下を向いてしまう。隆彦は、仕方ないなと自分だけに聞こえるよう言ったのち、

「まあ、行くだけ行ってみようよ」

「ほんとですか」

鷹取君は顔をあげ、目を輝かした。隆彦は先《さき》んじて歩きだし、休憩室の出口を抜け、

「君の説のいいところは」柔らかく言う。「お爺さんを盗人《ぬすっと》あつかいする必要がないところだ。開館当初はまだ制度が未整備だったし、職員も業務に慣れていなかった。お爺さんが特別な措置を受けた可能性もないとはいえない。お昼はもう食べたんだろ？」

「はい！」

鷹取君は早足で追従しつつ、
隆彦は事務室をかすめて過ぎる。もちろん、心のなかでは最初から何の期待も抱いていない。小橋文庫などという名ばかり厳《いか》めしい古本の山をいまさら改めたところで埃《ほこり》のほかの何も出まいと見きりをつけている。にもかかわらず職員専用の階段をおり、いっさん

に一階の閉架書庫を目ざすのは、ひたすら鷹取君への配慮の故にほかならなかった。せっかく鎌首をもたげた実習生の意欲をわざわざ刈るには及ばない、それだけの話。

5

N市立図書館の閉架書庫は、一階および地階にある。

もっとも、大部分の本は広大な地階に収められているため、一階のほうはふだん人気《ひとけ》がない。その人気のない場所に、いまはひとりの先客がある。

「館長」

隆彦はその姿が目に入るなり、つい声をあげてしまった。おなじ階には貸出・返却カウンターとか、児童書コーナーとか、新聞の閲覧室とかいう外部の利用者むけの空間もあるのだけれど、その雑音は、分厚いコンクリートの壁にはばまれて届いては来ない。静かな上にも静かな空気を、隆彦の声はひどく激しく震わせてなかなか消えなかった。

「君か」

潟田はつぶやいた。書架の前にしゃがみこんでいる。

「こんなところで、何を？」

相手は立ちあがり、

「気になっていた」

手にしていた一冊の本をぽんと手の甲で打った。

本は和本だった。桔梗《ききよう》色の表紙の左上に、四隅《よすみ》の擦《す》れた題簽《だいせん》が貼りつけられている。題簽には「詩學」うんぬんと楷書で筆書きされているようだ。綴糸《とじいと》は白。むろん請求記号を記したラベルは貼られていない。

「何日か前、君に話を聞いたときからな」

隆彦はいい気持ちがしなかった。そんなに部下が信用できないんですかと言い返してやりたかった。鷹取君はいつのまにか隆彦のななめうしろに立っている。というか隠れている。無理もない、彼にとっては館長はほとんど後光さす雲上の如来《にょらい》なのだと思いあたるのだ。隆彦はいっそう苛立《いらだ》ちがつのった。だから、

「早川図書については調べたかな？」

と問われると、

「もちろん」

応じる言葉には必要以上の力がこもる。

「渋谷区幡《はた》ヶ谷《や》の版元ですね。いろいろ目録を確かめたところ、遺漏《いろう》はあるかもしれませ

んが、ぜんぶで二十点の書籍を刊行しています。たいていは昭和五十年代に出ていますから、このへんが活動のもっとも旺盛な時期だったんでしょう。おもに図書館学がらみの学術書を扱ったことは、田中敬《けい》の著作集全六巻を出したあたりに面目をうかがうことができます。どうやら、良書と見れば売れゆきが見込めなくても世に送る、そういう尊敬すべき性格の出版社だったようですね。いまは新刊の刊行はないようですが」

「そうだな」

と潟田は二度ほど首を縦にふったが、その仕草はさすがに隆彦をして何ごとか感づかせしめないわけにいかない。

「館長」目を細めた。「ご存じだったんですね、最初から」

「本好きだもの。何しろ」

潟田はそう冗談めかし、天井を向いたが、さすがに空々《そらぞら》しいと自分でも思ったのだろう、ふたたび隆彦のほうを向き、

「話題を変えていいかな」

隆彦が黙っていると、

「例のお爺さんだが」

「どうぞ」

「思い出したんだ、井波仙蔵という名前」

名物校長ということになるのだろう。N市立のあちこちの中学校において、しばしば教室へみずから足を運び、授業をおこなったという。教師の不足のためではない。彼自身、一種の実物教育をほどこしたかったのだ。すなわち子供たちに江戸時代の和本を見せ、その手ざわりを感じさせ、それを朗々と音読させる——もちろん校長自身が手助けしながら——という授業。

そのことを通じ、彼はいったい何を伝えたかったのか。国語か。あらず。社会科か。あらず。そんな個々の教科よりも遥かに普遍的な、読書の価値そのものにほかならなかった。むかしの人もいっしょうけんめい勉強したのだ、勉強のためには本に就いたのだと体で感ぜしめるための絶好の機会、不動の証拠、それを与えるのが何よりの狙いだったのだ。このとき校長は、ぜったいに読書は良いことだと信じていただろう。

「その話を、私は、小橋先生から聞いた」

館長は顔をゆがめた。

「小橋先生？」

「小橋雄馬先生だ」

「あの、文学青年の……」

館長はうなずき、

「何度も聞かされたよ。よほど好きな逸話だったんだな」

きっと小橋雄馬という人そのものが、読書をぜったいに良いことと信じた人だったのに相違ない。だからこそ自分とおなじ匂いのする中学校校長の佳話《かわ》をたびたび親しい市職員に披露したのだ。しかし聞くほうの市職員――潟田直次――は、そんな文人としての小橋雄馬よりも、むしろ実務に長《た》けた議員としての小橋雄馬のほうに惚《ほ》れこんでいた。あるいは、政治家という、文人とは正反対の局面での彼の大成を夢みていた。結局、小橋雄馬はほかならぬその読書のために議員生活から身を引き、零落《れいらく》の道を歩んだわけだから、それを手をこまねきつつ眺めるばかりだった潟田の感情がその後いっそう複雑になったのは自然の勢いなのかもしれない。隆彦はこの瞬間、潟田直次という人の核心のわずかな手ざわりを感じている。書物信じるべし。書物信じるべからず。感じつつ、どう受け答えしていいのかわからない。

「そのことを思い出せば」

館長はつぶやくと、足もとへ目を向けた。足もとには桐箱から出した和本の山が、あたかも棒グラフのように整然と左右にならべて積まれている。

「あとは一冊一冊、これを点検するのは当然の道すじだろう。案の定、早川図書だらけだったよ」

「あり得ない」

隆彦は言い返そうとした。江戸時代にそんな名前の版元はない。早川図書も早川書房も、ともに戦後発足した会社なのだ。

「見てみなさい」

と、館長はなかば押しつけるように隆彦に和本を寄こす。見れば題簽にはやはり、

詩學逢原

いつのまにか鷹取君がとなりへ来ている。隆彦はそちらを向き、かすかに首をかしげて見せてから、本のいちばん最後のページをひらいた。刊記《かんき》を確かめようとしたのだ。が、

「あれ？」

いったん本を閉じ、裏表紙をあらため、こんどは表紙から一枚ずつ繰って行く。どこにもない。著者名も、版元も、刊行年も。

「あるわけないだろう」

潟田は、鼻から息を吐いた。

「どうしてですか？」

「それは刊本じゃない。写本だよ」

「写本……」

「印刷されたんじゃなしに、手で書かれた書物ということだ。墨を含んだ筆で、ひとつひとつの字をな」

隆彦はうめいた。奥付がないのは当たり前だ。そもそも版元が存在しないのだから。

「もちろん奥書《おくがき》ならある」

と潟田に指摘され、隆彦はあらためて最後のページをひらいた。さっきは刊記さがしに気をとられ、見落としていたけれど、なるほど本文の終わりの次の行から、本文よりも小さい楷書がつらねられている。白文《はくぶん》の短い文章。ざっと目を走らせたかぎりでは、どうやら底本の入手のいきさつやら、本文校合《きょうごう》に関する注釈やらが記されているらしい。それを終わりまで読んだところで、

「あ」

隆彦は目がくらんだ。

天保七年丙申初夏完寫　早川圖書

と記されていたからだ。天保七年初夏、早川図書がこれを写したということだろう。

「つまり……」

「なんだ。君は突きとめて来たんじゃないのか」

館長は両手を腰にあて、目を丸くして、

「早川図書が版元名ではなく、人名であることを」

のちに隆彦たちが調べたところによれば、早川図書《はやかわとしょ》は江戸後期の人、延岡《のべおか》藩の侍医。性淡泊《たんぱく》、私心なしに療治《りょうち》につとめ、効ありと見れば庶人《しょじん》へも貴薬《きやく》を投じて惜しむところがなかった。ばかりか安政四年（一八五七年）には医学所明道《めいどう》館を設立し、大いに後進の育成に努めたという。いわば土地の名医なのだ。

そうして、ここからが肝心なのだが、彼はまた筆写を好む人でもあった。けだし若いころ京都に遊び、漢詩を学んだことと無関係ではあるまい。いま隆彦の手にある『詩學逢《ほう》原《げん》』は、祇園南海《ぎおんなんかい》という江戸中期の漢詩人の著した文学論だが、これもやはり教養の手の内にあったものだろう。ときに早川図書、四十歳のころ。ちなみに言う、江戸時代という時代は、もちろん書籍の刊行のさかんな時代だったけれども、同時に、文人のあいだでの写本の習慣もまだまだ衰えていなかった。

……などと述べると、隆彦がいかにも大がかりな精査をしたように聞こえるが、実際のところ、調べたのはほぼ鷹取君ひとりだった。しかも十五分ぽっち。それほど容易な案件だったのだ。何しろ早川図書という人名は、講談社『日本人名大辞典』にも、平凡社『大人名事典』にも、宮崎日日新聞社『宮崎県大百科事典』にもちゃんと立項《りっこう》されているのだから。鷹取君はただ参考文献の本棚をひととおり見るだけでよかったのだった。

（ただし講談社版は図書をズショと読む。この手の人名がもとをただせば律令時代の職制に行きつくことを考えると――この場合は図《ず》書寮《しょりょう》ないし図《ず》書頭《しょのかみ》――、あるいはこちらのほうが正しいかもしれない）

「ええ、まあ」

しかし隆彦はもちろん、館長にそう指摘されたときにはまだ何も知らなかったから、ただ意味もなしに頭をかきつつ、

「人名だと、気づいていたような、いないような……」

言葉を濁すほかなかった。館長はちょっと変な顔をしたけれど、どうやら不審には感じなかったようで、

「話をはじめに戻そう」語を継いだ。「お婆さんは和久山君のところへ相談に来た。亡くなったお爺さんの蔵書のうち、どの本を返せばいいかと問い合わせた。そうだったな？」

「はい」

「答は？」

「決まりですね」隆彦は気をとりなおし、「延岡藩の侍医、早川図書により記された写本。そのいっさい」

「きっと冊数は二十前後だろう」

と受けてから、潟田は両腕を垂らし、腕を組み、

「いまとなっては事情を正確に知るすべはないが、おそらくお爺さん、井波仙蔵さんは、そうとう早い時期に聞きつけたのだろうな。『紅茶の小橋』小橋太三郎の遺族が、この図書館へ和本の一括寄付をするという噂を」

「ええ」隆彦はあごに指をあてた。「さぞかし心おどる情報だったでしょうね。自分の求める授業、和本の実物教育をおこなうにぴったりの材料が到来したのだもの」

「だから二十冊ばかり、借り出したのだ。図書館としては特例措置を発動したことになるが、これはむろん、彼がおなじN市の職員、しかも中学校校長の要職に就く身だったからだ。そうでなかったら、決して認めなかったに違いない」

「開館当初の忙しい時期でもありましたしね」

と言うと、隆彦は、持っていた『詩學逢原』をとなりの実習生に手渡してから、

「結局、和本の整理は、延び延びになってしまいました。桐箱のなかへ入れっぱなしのまま現在に至ります。当然、データベースにも登録されないし、紛失本リストにも記載されなかった」

「延び延びとは美しい言いまわしだな」

館長は舌打ちし、両手をポケットに突っ込み、

「怠けていただけではないか。三十年」

「申し訳ありません」

と隆彦が頭をさげたところで、館長はようやく鷹取君の存在に気づいたらしく、

「実習生か？」

「はい！」

鷹取君は気をつけをし、甲高《かんだか》く返事する。潟田はきゅうに優しい声音になり、

「貧乏籤《くじ》を引いたな。指導担当者が和久山君とは」

「そんなこと……」

「まあ、がんばれ」

潟田は肩をぽんと叩いてやり、きびすを返した。遠ざかろうとするその背中へ、

「あの」

実習生がおそるおそる声をかける。潟田はふりむき、

「なんだ」

「資格を」つばを呑みこみ、「司書の資格をお持ちなのですね」

「和久山君が？」

「館長が」

潟田が眉をひそめるのへ、鷹取君は、

「だって、早川図書をご存じだったじゃありませんか。あ、この場合は人名じゃなくて、戦後の小さな出版社のほうですけど。早川図書という出版社は、おもに図書館学に関する本を出していたと和久山さんはおっしゃいました。しかも昭和五十年代に。となれば、失礼ながら、館長がちょうど学生でいらっしゃったころに一致するんじゃないかなと」

「持っていない」

館長は苦笑したまま、間《ま》を置いた。ちょっと不自然な仕草のようだと隆彦が感じていると、館長は破顔し、

「が、なかなか悪くない推理だな。いい人材だ。あんまり和久山君の言うことをまじめに聞かないほうがいいぞ」

「最高のほめ言葉ですよ」

と、隆彦もただちに憎まれ口を叩き返す。潟田は声を放って笑い、隆彦の顔を指さしつつ、鷹取君へ、

「ほらな。上司に楯《たて》つく悪いやつ」

「ほんとなんですか？」

と、実習生はきゅうに不安そうな顔になり、隆彦へ問う。隆彦は必要以上にしっかりうなずいてやり、

「正反対の立場なんだ」

鷹取君はなおも年上の男たちの顔をかわるがわる見くらべる。しかるのち、無邪気にもこんなことを口走り、ふたりの目を丸くさせる。

「おなじに見えますけど。僕には」

6

以下、後日談。

翌週の週あけ、隆彦はお婆さんの家へ電話をかけた。調べの結果をかいつまんで述べたのち、

「蔵書には和本も含まれているのでは」

と尋ねたところ、たしかに含まれるという答を得たので、すぐさま鷹取君をともない、延岡自宅へおもむいた。自宅の本箱のなかに雑然と積まれたそれを点検すれば、ほどなく延岡藩侍医、早川図書による写本が一束《ひとつか》、出て来たのは予想どおりだった。頼山陽《らいさんよう》『日本外史』全二十二巻、ちょうど遺言の冊数に合う。ぜんぶ引きとり、車に乗せ、お婆さんの家をあとにした。

「大丈夫なんですか？」

帰りの車のなかで、鷹取君が尋ねた。隆彦はステアリングを握り、前方を注視しながら、

「何が？」

「行政の仕事というのは一網打尽を目ざすところに本分がある。たったひとりの市民にサービスするわけにはいかない。そう言ってたじゃありませんか」

「ああ」

隆彦は、信号が赤に変わったのを見てブレーキを踏みはじめ、

「これは例外」

「どうして？」

「順を追って考えるんだ。まずN市立図書館は、これらの」

と、車を完全に停止させてから、後部座席の上の段ボールを指さし、

「これらの和本をお爺さんに貸し出したという記録を持たない。ということは、お爺さんは借りていない」

「はい」

「当然、借りていないものを返すことはできない。したがって、相続人たるお婆さんには、返却じゃなしに『一括寄付』の手続きをしてもらう」

「かつての紅茶売りとおなじように？」

「そう」隆彦はふたたび発進させた。「そうして文化財の一括寄付という行為は、これを三十万市民の誰もができるとは限らない。個別のサービスをおこなうゆえんさ」

「なるほど」

「論理的だろ」

「屁理屈《へりくつ》めいてるような気も」

「それが行政」

もっとも、こんなふうに一件落着したところで、隆彦はその後かならずしも機嫌のいい日々を送ったわけではない。むしろ鬱々として楽しまなかった。図書館そのものが廃されるか否かの大問題は、相も変わらず厳《げん》として存在しているからだ。自分には何もできない。

こうして一介のお婆さんの世話をしたあいだにも館長はいきいき原稿用紙に取り組んでいるというのに。

三週間もすれば、実習生はもう図書館を去り、名実ともに学生の身分をとりもどしている。いまごろは就職活動を再開しているか、卒論に汗を流しているか。それとも千葉かどこかの海岸で、

「ウィンドサーフィンかな」

隆彦はレファレンス・カウンターの椅子に座り、そうつぶやいたきり、うつろに天井を眺めている。無聊《ぶりよう》に苦しんでいる。と、卓上の電話が電子音を鳴らしはじめた。赤いランプの点滅は内線の表示。受話器をとれば、楢本さんの声が、

「和久山君に外線」

いつもと違う、はりつめた調子。つないでもらうと、

「増川弘造《ますかわこうぞう》という者ですが」

初老の男の声だった。隆彦は、

「はあ。どんなご相談でしょう。調べもの？　本さがし？」

「市議会議員です」

「あ」隆彦は姿勢を正し、「失礼しました。いま館長に……」

「潟田さんじゃない。あなたと話がしたい、和久山隆彦さん」

「私？」

「このたびは、うちの大叔母がお世話になりました」

わけがわからない。黙って次のせりふを待っていると、

「井波トミ」

「あ！」

相手はまるで世間話でもするような口ぶりで、

「とても感激しておりました。市の職員には珍しく名刺をくれたばかりか、足の悪い老婆のために椅子を持って来てくれたり、もういちど来館しなくてもすむよう配慮してくれたり」

あの、こちらこそ、貴重な蔵書をご寄付くださり、とか何とか口ごもるしか隆彦ができないでいると、相手はだしぬけに調子をあらため、

「今月が山場です」

「え？」

「今月の末、市役所の議会棟において文教常任委員会がひらかれます。そこで大勢《たいせい》が決まる。あなたの、私たちの、図書館にかかわる議論のね」

絹のように柔らかな、しかし強靭《きょうじん》な声だった。

いわく、廃止派の連中は潟田を立て、ひとくさり演説を打たせるつもりである。館長みずから廃館論を展開するのだから説得力はそうとう強くなろう。むろん自分たち存続派の議員もいわば対抗馬を立てねばならないのだが、その困難な役目を、このさい我々はあなたに託すことにした。実務者には実務者をぶつけるのが最適と判断したためだ。

「私が……演説？」

隆彦がぼんやりと問い返すと、

「そのとおり」相手は確言した。「あなたは潟田さんより業務の実際に通じている。職歴も長い。何より人柄に信の置けることは大叔母への応対からも明らかだ。どうか中立の立場の委員たちへ図書館の存続を説いてほしい。説きつくしてほしい。もう二週間しかない。ただちに準備にとりかからねば」

「しかし、出席は、課長クラスでないと……」

「参考人招致」

隆彦はようやく、胸の高鳴りを感じはじめた。

最後の仕事

1

市議会議員というものの自宅はどんなに豪壮華麗なのだろうと隆彦はなかば恐れ、なかば期待しつつ車を運転したけれど、着いてみれば普通の住宅と大差がなかった。なるほど見たところ敷地は百坪はありそうだし、平屋《ひらや》づくりの家もそれに応じて立派だが、まあ市街から離れた雑木林のそばなら土地もわりあい安いだろうし、

「こんなものかな」

隆彦はそうつぶやいてから、車を降り、門柱のインターホンのボタンを押した。玄関へ入り、奥さんに導かれ、応接間のソファに腰かけて待っていると、市議会議員、増川弘造があらわれ、

「仕事がえりに悪かったね、和久山君。夕食は？」

「いえ、まだ」

「私もきょうは会食をことわった。鰻重でも取ろう」

廊下へ顔を出し、慣れた調子で奥さんへ言いつけてから、隆彦のテーブルを挟んだ反対側の席に座り、

「原稿は？」

「作って来ました」

隆彦はうなずいた。となりの空席に置いた鞄からコクヨの四百字詰原稿用紙のたばを取り出し、相手に渡す。右肩をホチキスで綴じた六枚へざっと目を通したのち、相手は、

「うーん」

と苦い声をしぼりだし、首をかしげた。しっとりと七三《しちさん》にわけたグレーの髪のわけ目のあたりへ手をやったそのしぐさが隆彦の目には何とはなし優雅な感じがしたけれども、そのゆえんを追究するだけの心のゆとりは隆彦にはない。上半身を前へかたむけ、

「何か、不都合な点が？」

上目づかいに問うた。増川は原稿をテーブルに置き、

「ない」目じりを下げた。「不都合はないんだが、まさにその理由により、これは用をなさないんだなあ。委員会は……二週間後か。時間がないから率直に言うけど、もし当日、君がこのとおりに演説したとしたら、間違いなしに列席者たちの失笑を買うね。説得なん

か思いもよらない」言葉の内容は慈悲がないが、しかし口調はどこまでも柔らかだった。隆彦は言い返せない。

「早い話」増川は語を継いだ。「君はこういうことを言いたいのだろう。読書はおよそ少年の情操をやしない、青年の教養を深め、壮年の知識の泉となり、かつ老人のいわゆる生涯学習にも資するものである。だからN市が図書館を廃止し、市民から読書の習慣を遠ざけるのは文化的な暴挙というほかない。断固反対」

「ええ、まあ……」

「ありきたりだ」

増川は表情をひきしめ、ふかぶかと背もたれに背をあずけてから、ふたたび穏やかな顔になり、

「とまでは言わないけれど、まあ、むやみと常識的でむやみと様子がいいだけ」

「それはつまり、ありきたりということですね」

「こんな演説を耳にしたら、委員の心がますます図書館廃止のほうへ向かうのは避けられない。君や私のこころざしは逆の結果を招く」

「なら、どう書けというのです？」

と応じた隆彦の声は、やや挑むようだったらしい。相手はかすかに眉をひそめ、

「私の評価が不満なのか？」

「そりゃあ、まあ……」

「結構」にっこりした。「さすがは私が見こんだ青年だ。ここで無条件降伏するようでは先が思いやられるからね。わからない」

「え？」

「わからない、と言ったんだよ。どう書けばいいのか私にわかるくらいなら、はじめから君に手助けを求めたりはしない」

もっとも至極なようでもあり、無責任なようでもある言いぶんだった。隆彦は口を閉じ、窓の外を見た。時刻は午後七時に近いし、空には雲が多いけれど、何しろ六月に入ったばかりだから庭はまだ明るい。花壇にたっぷり植えられたグラジオラスの高い茎がそれぞれ微妙にちがう緑色をしているのもはっきり眺められる。花が咲いたらどんなに派手になるだろうと隆彦はほのかな期待を感じながら、しかし同時に、やっぱり駄目だったかと肩を落とさないわけにはいかなかった。自分でも、駅前の街頭演説みたいだと思わないでもなかったのだ。

こんなことでどうする。

隆彦はあせりを感じた。せっかく議員にじきじき声をかけてもらったのに。せっかく文教常任委員会という市政運営の実質的な審議の場でみずから所念を述べる機会を与えられたのに。

「気負うことはない」

増川は身を起こし、ふたたび表情を柔和にした。

「もっと肩の力を抜いていいんだ。事実上、君のターゲットはただひとりなんだから」

「え？」

「早い話が、香坂貴子《こうさかたかこ》という委員に『うん』と言わせることに成功すれば、それでもう私たちの勝ちなんだよ。N市立図書館は存続が決まるんだ」

隆彦は目をしばたたいた。政治のからくりは皆目わからない。わかるだけの知恵や経験をこれまでレファレンス・カウンターの仕事はただの一度も授けなかったからだ。増川はくすりと笑い、

「一から説明しよう。現在、文教常任委員会には委員が七人いる。その七人の委員へ、このたび市議会本会議の議長が付託《ふたく》したのが議案第十三号、すなわち『N市立図書館条例の一部改正』に係る議案だ。もしこれが賛成多数で委員会を通過し、本会議にかけられたりすれば、本会議はここでは単なる追認機関にすぎない。図書館の廃止が決定してしまう。

だから私たちは——私や君は——それを何としても阻止しなければならないわけだ。逆に、もし私たちがその阻止に成功したら、図書館の存続は当面確保される。万歳三唱というところだ。そうして議案をつぶすためには、七人のうち四人をこちらの陣営へ引き入れなければならない。わかるね?」

隆彦はうなずき、

「委員の過半数、ということですね」

「そうだ。四票の反対票、これが私たちの最終目標だ。しかしながらこの目標は、じつは見た目ほどには達成困難ではない。いまは七人の委員のうちの五人が、与党会派に属しているからね」

増川はそう言うと、テーブルの上のメモ用紙を一枚ちぎり、その五人の名をボールペンで走り書きした。

○ 増川弘造

○ 堀越さよ子

× 佐藤誠一

× 沖田譲

？　香坂貴子

書き終わると、テーブルの上でくるりと紙をまわし、隆彦の前へすべらせてから、

「名前の上に○をつけたのは存続派の議員、×は廃止派の議員だ。これは動かない。両陣営がこれまでいろいろ根まわしをした結果、すでに旗幟《きし》を鮮明にしているから、君がどんな熱弁をふるっても説得の余地はない。ところが」

「香坂貴子先生、ですね」

隆彦は受け、紙の上のクエスチョン・マークに指を置いた。一面識もない、むろん恩師でもない人間にこの敬称をつけるのは多少の異物感があったけれども、出しておくほうが無難かという判断がすんなりと隆彦の口を動かした。役人の妥協というべきだった。

「そうだ」増川は唇をへの字にまげた。「彼女だけが立場をいまだ明確にしていない。というか、彼女だけが委員会の当日に立場を明確にするつもりでいる。潟田君と和久山君、双方の弁論を聞いた上でね」

隆彦は身を固くした。というより、ひとりでに固くなってしまった。潟田直次というN市立図書館の現職の館長であり、したがって隆彦には直属の上司にあたる男の名前が出たせいだ。その直属の上司を、隆彦はもうじき公的な上にも公的な場において駁《ばく》さねばなら

ない。その非を鳴らさなければならない。もともと単なる調査相談課の職員にすぎなかった自分がどういう経緯でそんな大それた役まわりを演じるはめになったのかと隆彦はこのごろ事のはじめから思い出をたどりなおしたい欲求に駆られることしばしばだが、実際それを試みるたび、不思議なことに、何だかミルク色の霧のなかを泳がされる気分になってしまい、仕事も何も手につかなくなってしまうのだった。

「館長と私の、弁論を……」

隆彦が繰り返そうとすると、増川は、

「聞きくらべだよ、要するに」

と隆彦をいっそう緊張させる語を用いてから、

「あの女史だけは根まわしを受けつけなかった。何度か電話もかけたし、会談もセットしようとしたんだが」

軽い溜息をつき、ひとつの逸話を披露した。

一か月半ほど前、増川弘造はN市内のさる小学校へ出張した。昭和五十年代に建てられた校舎の耐震化工事にからむ視察のためだが、このとき彼とともに臨んだのが香坂貴子だった。わずか二十七歳の女性議員はこんな儀式的な公務にも真剣にとりくみ、校長にあれこれ厳しい質問をしていたから、帰りの車に乗りこむころには少し疲れたようにも見えた。

「今週の土曜日」

車が走りはじめると、増川はのんびり切り出した。

「堀越《ほりこし》さんと食事をすることになったんだ。はしりの鰹《かつお》をたたきで楽しむという道楽いっぽうの集まりなんだが、よかったら君も……」

とたんに香坂貴子は、顔をぷいと後部座席の窓の外へ向け、

「図書館の件ですか？」

「あ、いや……」

「堀越先生は存続のほうへ転じたそうですね。私の耳にも入っております。しかし私は、そんな密談めいたやりかたで文化行政の一大事を決するのは間違いだと思います。法令に則《のっと》り、おおやけの手続きを踏み、正々堂々と処理すべきだと」

三十も年上の先輩へはっきりと言い、それきり天気の話にも応じなかったという。

「それくらい」

増川弘造はやれやれと言いたげに首をふると、話のあいだに到着した饅重のふたを開けてから、

「あの人はつくづく、何というか……正義の味方なんだな。曲がったことが大きらい。まあ、当選一回の若い女が細腕《ほそうで》ひとつで地方政治の世界を渡るんだ、肩肘《かたひじ》張るのも仕方ない

かもしれないが」

と、なお彼女に同情的な物言いをした。こういう好悪《こうお》の念を抑えた、なるべく天秤《てんびん》を平らに保とうとする態度ひとつ取っても、隆彦の目には増川の人物はじゅうぶん信頼できるものと映るのだけれども、それはそれとして、やはり緊張はとけはしなかった。むしろ強まったかもしれない。すなわち自分は——隆彦はほとんど身ぶるいした——そういう硬骨の女傑を説得しなければならないのだ。高い高い壁というほかない。しかも、

「ちょっと待って下さい」

隆彦はひとつ思いつくことがあり、両手を突き出した。

「かりに、かりに私がその人をくどき落としたとしても、まだ三票です。一票足りない。もちろん私はあくまでも招致された参考人で、投票権はありませんし……」

「三票でじゅうぶん」

増川弘造は箸を置き、にこりともせず、

「私たちの会派には、もう五十年も前からの申し合わせがあるからだ。不文律と呼んでもいい。その不文律により、私たちは、最終的な表決にあたっては全員おなじ投票行動をとる」

「……私には難しいようです」

「つまりだね。今回の場合で言うと、常任委員会の五人の委員はめいめい勝手に票を入れるわけではない。かならず事前の協議で過半数を確保したほうへ入れる。自分の意見は自分の意見、投票の対象は投票の対象というわけだ。わかりやすく言うなら親の総取り。三票とったほうが五票とる」

「党議拘束というやつですか？」

「そう呼んでもいい。尋常の市民の目にはなかなか不可解な制度であることは承知しているが、政治の現場ではぜひとも必要な制度なのだ。会派の力というのは畢竟《ひっきょう》、数の力にほかならないからね。会派は団結しなければならない、というより決して分裂してはならない」

「そうですか」

と隆彦は応じたが、相手の論理がじゅうぶん自分の体にしみこんだかどうかは我ながら疑問だった。どちらにしろ、目標を香坂貴子ひとりに定めていい理由ははっきりした。

「おぼえておくといい」増川はなお語を継いだ。「N市の条例はたいていこの不文律がはたらいた上で改正されたり、新設されたりするんだ。君の給料も、毎年のサマーフェスタの日どりもこれで決まる」

「はあ……」

「食べなさい」

と増川に勧められ、隆彦はようやく目の前にお重のあるのを思い出した。ふたを取り、つややかに焼きあげられた鰻をひとくち口へ入れたが、まるで記号を食べているようだった。しばらく黙々と箸を動かしたのち、増川はぽつりと、

「原稿はまた改めて見せてもらおう」

不合格ときっぱり言い渡された瞬間だった。隆彦はうなずくほかなかった。

「ところで」

と、増川はお椀の肝吸《きもす》いを啜《すす》り、がらりと声の調子を変え、

「本さがしを頼まれてくれないかな」

「どんな？」

隆彦は顔をあげた。この場合、とりわけうれしい話題だった。増川はお椀を置き、

「女性には相談しづらいんだ。陰茎がらみだから」

「いんけい？」

隆彦がまっすぐ聞き返したのは、ただ単に、すぐさま漢字の表記が想像できなかったからなのだが、相手はそれを一種の抗議の表明と受け取ったようで、苦笑いしつつ、

「食事どきに申し訳ない」

かすかに頭をさげたのち、説明をはじめた。

2

「その相談って、何なんですか？」

小さな白いテーブルの向こうの藤崎沙理はあっけらかんと尋ねると、背すじをのばし、目をぱちぱちさせた。激しく興味を引かれたときの癖《くせ》なのに違いないと隆彦は合点しつつ、

「うん」

空咳《からせき》をし、意味もなしにスプーンでコーヒーをかきまぜてから、

「その増川さんという人はね、学生のころはけっこうな小説よみだったんだそうだ。いわゆる純文学にも取りついたらしい。それで或る日、或る作品を読んでいたら、とても衝撃的なシーンに出会った。登場人物の若い男が、その、例の、身体《しんたい》的器官でもって白い障子をつぎつぎと突き刺したんだ。もちろんその器官は、何というか、ハードな状態だったわけだね。増川さんはほとんど自分がその攻撃を受けたみたいに驚いた。体はしびれ、心臓は高鳴り、頭脳はあんまり鮮やかにその場面を刻みこんでしまった。そのため……」

「作品の名前を忘れてしまった、でしょう？」

と沙理はいきいきと先まわりした。隆彦はうなずき、

「著者名もね。文庫本だったことは間違いないらしいんだが」

「もの忘れが激しいなあ。市議会議員のくせに」

「いや、こういう相談はときどきあるよ。私もレファレンス・カウンターで何件か受けた。小説というのは不思議なものでね。あっさり読み捨てにしたつもりでも、何年か何十年か経ったのち、ふと一場面だけが妙にあざやかに思い出されることがあるらしい」

「かんたんじゃありませんか」

沙理は言い放つと、鉛筆のように長いスプーンを巧みに操り、チョコレートパフェの外周部から生クリームをすくいとり、口へ入れたのち、

「石原慎太郎《いしはらしんたろう》」

ほう、と隆彦がいかにも意外そうな顔をしたのが気に入らなかったらしく、唇をとがらし、

「ご記憶ではございませんか、和久山さん？　これでも私、いっときは調査相談課への異動を希望してたんですけど」

「ご記憶だよ。もちろん」

と隆彦が応じたのは嘘ではない。沙理がつい半年前まで、二階のレファレンス・カウン

ターで働きたい、もっと大人むけの仕事がしたいと公然と主張していたのは、隆彦ばかりではない、N市立図書館の職員のたいていが知るところだった。どうやら児童書コーナーでの子供相手の仕事にさほど充実を感じられなかったらしい。実際、図書課長へ掛合《かけあ》いもしたようだ。

が、昨年の十二月、考えを改めた。きっかけは隆彦の指導のもと、さる五十代の男性のリクエストに取り組んだことだった。かつての愛読書をふたたび見たいという切実な相談だった。あれこれ試行錯誤した挙句、ようやく赤い富士山——と男性が主張したところのもの——の写真を表紙に飾った、昭和三十四年刊の横長の本をさがしあてたのだが、この成功体験はむしろ沙理をして子供の読書経験の奥深さに目ざめさせたらしい。彼女はそれから異動の希望を口に出すことがなくなった。本来の配属先の仕事に没頭し、ほかの部課へくちばしを突っ込むことをしなくなった。そういう次第だから、隆彦がこの日、ここところで意外の念を抱いたのは、決して沙理の知識を疑ったわけではない。ただ児童書コーナーの業務に対する先入観と、石原慎太郎という著者名とがすんなり結びつかなかったにすぎないのだ。もっとも沙理にはそんな内情はわからないから、身をのりだし、挑むように、

「つづけて私に言わせて下さい。『太陽の季節』でしょう?」

と語尾をはねあげ、長いスプーンをパフェのグラスに打ち立てた。

「たしか昭和三十一年だったかと思いますが、彼の短篇『太陽の季節』は芥川賞を受賞したのが引き金になり、爆発的に流行しました。掲載誌や単行本がベストセラーになったのはもちろん、太陽族という流行語を生み、健全な大人たちの眉をひそめさせ、社会のあちこちに論争を巻き起こしました。若い作家が描いた新時代のあけっぴろげな男女の関係が、というより性関係が、世間に衝撃を与えたわけですが、当時、その奔放な性風俗のいわば象徴と見られたのが作中の例のシーンでした。主人公が障子を突き破ったんですね」

と、ここまで沙理はひといきに談じたのだが、さすがに自分でも先輩に対して偉そうでありすぎたと反省したのか、

「まあ、正直、昭和五十年代生まれの私にはブームの実感がわかないのも確かですけど。単なる歴史的知識っていう感じ」

と一歩引いた。隆彦は、

「私もだよ」

「え！」

「そんなに驚くことはないじゃないか。昭和五十二年生まれだ」

「へーえ」沙理はまた目をぱちぱちさせた。「じゃあ和久山さん、私より……六つしか年

上じゃないのか。私は入職三年目だけど……」

「私は八年目。そんなに老けて見えるか？」

「大人に見えます」

「お気づかいなきよう」

隆彦は苦笑いすると、両頰をごしごし手でこすりながら、

「まあ実際、実感がないのは増川さんもおなじなんだけどね。あの人は昭和二十七年生まれ、石原慎太郎がブームを起こした年にはまだ幼稚園児だった」

「その幼稚園児が成長して、大学生になり、文庫化された『太陽の季節』を読んだわけだ」

「違うよ」

「え？」

「私もはじめはそう思ったんだ。だからその日は、きっと『太陽の季節』でしょうと言い置いた上、ひきあげた。しかし四日後、ふたたび増川さんの自宅を訪ねたら、はっきり『違う』と言われたんだ」

隆彦はくわしく説明した。一度目とおなじ応接室で、一度目とおなじように話の途中で出てきた饅重を食べながら、増川はさりげない風をよそおいつつ、

「和久山君」

と呼びかけたのだった。隆彦が箸をとめ、目をあげると、

「ゆうべ読んでみたんだよ、君に教えられた作品をね。わずか七十ページの短篇があれほど世間を動かしたのかと思うと不思議の感に打たれないでもないが、それはそれとして、そこにはたしかに障子とペニスの描写があった。君の指摘は的確だったわけだ。が……」

「が？」

「コクがない」

増川はやや躊躇《ちゆうちよ》したのち、そう言い切った。鰻のしっぽのほうを口に入れ、ゆっくりと呑み下してから、

「私の思い出のなかでは、登場人物の男はもっと派手にやってたんだが。それこそ、そう、十回も二十回もぶち抜いてたな。むごいものだ。しかもその行為は、何というかな、単なる性欲の発露じゃなかった。人間の生死、人間存在の是非、そういう根源的な問題にがっちりと食いこむ深いものを蔵していた。当然、場面そのものが長かった。しかし、しかし……和久山君は『太陽の季節』を読んだかい？」

「はい」隆彦は箸を置いた。「図書館の開架書庫から新潮文庫版をとりだし、昼休みに」

「どう感じた？」

「たしかに、意外と短いとは」

隆彦はそう言わざるを得なかった。何しろ文庫版でわずか五、六行だったのだ。以下の引用文中、主人公の竜哉《たつや》と英子《えいこ》は、障子一枚をへだてた部屋の外と内にいる。この時点ではまだ肉体関係はない。

裸の上半身にタオルをかけ、離れに上ると彼は障子の外から声を掛けた。

「英子さん」

部屋の英子がこちらを向いた気配に、彼は勃起《ぼっき》した陰茎を外から障子に突き立てた。障子は乾いた音をたてて破れ、それを見た英子は読んでいた本を力一杯障子にぶつけたのだ。本は見事、的に当って畳に落ちた。

その瞬間、竜哉は体中が引き締まるような快感を感じた。

「どうだい？」

市議会議員はあごを上向かせ、また鰻をひときれ口に入れ、

「あのくだりを何べん読んでも、竜哉という男はただ誘惑しただけとしか思えないんだよ。もちろんその誘惑のしかたには良識への反抗、暴力の誇示という山椒《さんしょう》の粉がまぶされて

いるわけだけれども、お返しに本をぶつけられました、気持ちよかったですじゃあ、しょせん薬味の域を出はしない。ましてや人間の生死や存在の是非へと思いを馳せさせる力など、とてもとても」

「僭越《せんえつ》ながら」隆彦は言い返した。「それが若いころの読書というものではないでしょうか。大したことのない記憶でも、長い年月《としつき》のうちに大した記憶になってしまう。針は棒になり、蟻《あり》は象になり、たった一度の障子の突き刺しも何十回の連続になる。読書というのはこの世でいちばん個人的な体験ですから、いっそう……」

「そんなことじゃないんだよ」

増川は語気を荒くし、背中をソファへ乱暴にあずけた。

「そんなことじゃないんだ。たしかに私は若かったが、しかし文学青年なんかじゃなかった。そもそも石原慎太郎みたいな軟派には興味がなかったんだよ。おなじ作家でも、それより政治思想と切り結ぶところ遥かに深いサルトルやドストエフスキーを尊敬していたんだから」

「政治思想……」

「そう。私はあの当時から明確な政治へのこころざしを持っていた。大学では政策研究のサークルに所属していたし、選挙の手伝いもした」

「石原慎太郎は政治家でもありますが」

「まだ政界に進出して間もなかった。たしか参議院議員だったと思う。理想に燃える政治青年の関心の対象になりはしない。実際のところ、自分があのころ『太陽の季節』をほんとうに読んだのかどうか、私はいまでも疑わしいのだ」

「つまり」隆彦はうめいた。「こういうことになりますね。増川先生は学生のころ、障子をペニスが突き破る描写をお読みになった。しかしそれは石原慎太郎『太陽の季節』の一節ではない」

「そのとおり。もっと高度な政治小説だ」

と大きくうなずいたのち、増川はまた身を起こし、

「何とか見つけ出してくれないかな。これは単なる思い出さがしではないのだ。君だから言うが、正直、私はいまの情況にまったく満足していない」

「……図書館の話ですか？」

「私の話だ」はっきり言った。「誰よりも早く政治に目ざめ、誰よりも早く現場へ足をふみいれながら、いまだに市議会から出られない。何もいまさら総理大臣の椅子を望みはしないが、しかし、しかし……」

「しかし？」

「せめて国政には」奥歯を噛む音がした。「あのころの思いの熱さを、たぶん私はいまこそ思い出さなければならないのだ。あの濃密な、充実した描写をあらためて読み、そこから新たなエネルギーを得る。そうすればたちまち跳躍できる……という虫のいい話には当然ならないだろうが、少なくとも、何かを取り戻すきっかけにはなるかもしれない。だから……」

と、この人にも似合わぬ早口でまくしたてたが、隆彦は、

「不可能」

冷たく言い放ち、おのれの顔から表情を失わしめ、

「とまでは申し上げません。しかし調査相談課の職員としての経験から言うと、小説を対象としたリクエストほど回答が難しいものはないんです」

「……そうなのか」

「作者がどんなふうに思考やイメージを展開するか論理的に予測できないし、むしろその予測できないところで読者をひきつける性質がありますから。とりわけ本文の一部に就《つ》いて作品全体をひっぱり出せというのは、たとえて言うなら、片方の耳たぶの形から顔全体を再現しろというようなもの。まず無理だ。とんでもない偶然でも起こらないかぎり」

「とんでもない偶然」

増川はぼんやりと繰り返し、みるみる肩を落とし、

「君は親切な男だな。和久山君」

「え？」

「必要以上にぶっきらぼうな言いようだったが、それは私に期待を抱かせないためなのだろう？　期待させ、失望させるのは気の毒だと」

隆彦は呆然《ぼうぜん》とした。政治の世界でなかなか伸《の》して行けない市議会議員のお人よしぶり、人間に対する楽天家ぶりをかいま見た気がした。なるほど自分はいま敢えて邪険な態度をとったけれども、それは相手への気づかいというより、むしろ立腹のためだった。隆彦はそれこそ、公共の図書館の存続に関する重大な問題をさしおいて個人的な悩みを披露におよぶとは何ごとですかと面罵《めんば》してやろうと本気で思ったほどだったのだ。もっとも、だから逆に、

「何とかこの人の役に立ちたいと思わされたのも事実なんだけどね。私もお人よしだな」

隆彦はそう話をしめくくり、残りのコーヒーをいっきに飲みほした。カップを置き、気がつけば、沙理のパフェもきれいに消えており、背の高いガラスの器がぽつんと佇立《ちょりつ》するのみだったので、

「何か追加する？」

水を向けたが、沙理は首をふり、いいえと言う。どうも間《ま》がもたない。隆彦はせわしない動きで腕時計を見たのち、

「もう八時だ」

と言い、そのことに自分自身が驚いてしまい、

「ずいぶん長いこと話してたんだね。ごめん」

「時間はいいんです。私の家はここから電車で二駅《ふたえき》だし。けど」

と言ってから、沙理はガラスの器にさしこんだままの長いスプーンを指ではじき、横目でにらむような顔をつくり、

「仕事帰りの若い乙女を誘うのに、そもそもレストランに入らなかったのが間違いだったんですよ」

「違いない」

隆彦は苦笑いした。何しろそこは職場から駅への通り道にある喫茶店だったし、ふたりが口にした食べものは甘いものだけだった。日暮れてのちの会談には似つかわしからぬことこの上ないし、実際、まわりの席にはお客がほとんどいない。どうやら自分はこの六歳年下の同僚にちょっとばかり配慮しすぎたようだと隆彦が思ったとき、

「残念ながら」沙理がつづけた。「私はその、とんでもない偶然というやつを引き起こす

ことのできる人間じゃあないようです。『太陽の季節』のほかの何かなんて皆目見当がつきませんから。けど」

「けど?」

「それとは別に、ひとつ見当のつくことがあります」

「何?」

と隆彦が身をのりだすと、沙理は片方の頰にえくぼを作り、

「和久山さんが私を誘ったのは決して石原慎太郎の話をするためじゃない、ということ」

何も言い返せない隆彦へ、沙理はいよいよ自信たっぷりの口調になり、

「和久山さんは来週の文教常任委員会で、偉い人たちを相手に図書館の存続を訴えることになっています。そのこと自体はみんな知ってる。でも和久山さん、きっと、その草稿づくりが思うように進んでないんですね。だから私に話を聞いてもらおうと思った。話してるうちに何かいい案も浮かぶだろうと。けど実際、そんな大事なところへはすんなり入れるものじゃない。コーヒーを飲みながら機会をうかがううち、つい、いつものように調査相談がらみの話をはじめてしまった。男の人が障子を突き破るだなんて、何だか変なところへ話が来ちゃったなあと自分でも内心、首をかしげつつ」

隆彦はあたかも胸を手で突かれたかのように背もたれに身をあずけ、

「どうしてわかった？」

「かんたんですよ」と、沙理はミス・マープルの義理の姪《めい》にでも収まったみたいな得意顔になり、「和久山さん、いま増川さんの家を二度おとずれたって打ち明けたじゃありませんか。それはすなわち、弁論の草稿に関しては増川さんから一発で合格をもらうことができなかったことを意味する」

「違うよ」隆彦は肩を落とした。「三回だ」

「え？」

「恥ずかしい話だが、三回なんだ。あのあともう一度、足を運んだからね。きのうの晩だが」

「それで、結果は……」

「不合格」溜息をついた。「しかも親子丼を出された。鰻重、鰻重と来た挙句ね。お前には失望したという増川さんの明確きわまりないメッセージだ。こうなったら正直に言おう、私はいま、君に話を聞いてもらいたいなんて少しも思ってない」

「どう思ってるんです？」

「助けてほしい」

沙理はとたんに、

「光栄です、和久山さん！　私を選んで下さるなんて」

と目を輝かし、胸の前で手を組んだが、こんな大仰なしぐさは一瞬で終わりにした。もとの姿勢になり、平板な口調で、

「と言いたいところだけど、ただ単に、ほかに適当な相手が見つからなかっただけでしょう」

「それはそうだよ」

「やっぱり。私、和久山さんの考えることなんか何でもわかっちゃうんだから」

深い溜息をつき、店員を呼びとめてもう一杯パフェを注文したのち、

「和久山さんのことだから」沙理はいっきに言い下《くだ》した。「この件でうっかり誰かに協力を求めたら大きな迷惑をかけかねないと恐れたんでしょう。何と言っても和久山さんは謀《む》反人《ほんにん》、はっきりと館長に向けて弓を引いてるわけだもの。特におなじ調査相談課の楢本さんには相談したかった。でしょう？　けれども楢本さんは中年でしかも妻子もち。うっかり巻き込んで減給とか懲戒免職とかを食らわせたりしたら、人生のやり直しがきかないし、そのことに対して和久山さんも責任のとりようがない。この点、私なら安心です」

「いや、まあ……」

「まだ若いし、独身だし」口調はいっそう突慳貪《つっけんどん》になる。「万が一のことがあっても実家で両親と暮らしてるから当面の食いっぱぐれはない。いずれドクダミみたいに別の土に葉っぱを出し、しぶとく生き残るであろう」

「そこまでは言わないけど……」

と隆彦がしどろもどろになるのへ、沙理はテーブルを手で叩かんばかりの勢いで、

「このさい『太陽の季節』なんかどうでもいい。そっちの話をして下さい。いくら遅くなっても結構です。私だって図書館廃止を廃止したいと願う点では和久山さんとおなじなんだから。さあ」

と急《せ》かした。というか、ほとんど命じた。おかげで隆彦はようやく気が楽になり、現在の暗い状況を説明することができた。いわく、来週の委員会でおこなう弁論の目的はさしあたり単純であり、要するに香坂貴子という唯一どちらの派へもついていない委員を説得すればいいこと。それにさえ成功すればまず図書館の存続はかなうと見られること。ただし自分はその説得のための有効な論理をいまだ案じ出せずにいること。三たび増川に草稿を突き返されても結局のところは我ながら耳新しくもない、ありきたりの文句しか思い浮かばないこと。すなわち、

「市民の教養を深めましょう、生涯学習の手助けをしましょう、そのために図書館は大切

です、廃止には断固反対」

隆彦がわざと棒読みの口調で言い、自嘲の笑みを示したところで、

「思い出した」

と、沙理がきゅうに激しくうなずき、声をあげた。

「何を？」

「その香坂さんっていう人を。二年前の選挙のとき初当選した人でしょう？」

「だそうだね」隆彦はちょっと考えてから、「けっこう得票率も高かったらしい。増川さんから聞いたけど、たしか四位……」

「三位です」

と即答したので、隆彦は目を見ひらき、

「よくおぼえてるね」

「そりゃあもう。私自身が図書館に勤めだして、ということは市の職員になって、最初の市議選でしたから。そこへ自分よりたった二つ上の女の人が立候補したとなれば、気をつけて見ないわけにはいきません」

と、そこまで言ったところで注文の品が来た。さすがに早いなあ、やっぱりお客がいないせいかなあとか何とかつぶやきながら沙理はマンゴー&ヨーグルトパフェの白いところ

を一匙《さじ》すくい、口へ入れ、それからつづけた。

「あのときは彼女、ビラでも演説でも、ふたことめには友原《ともはら》小学校の出身というのを強調してました。N市の下町の公立校の名前を出すことで地生《じば》えの庶民という印象を与えようとしたんですね。けど実際、彼女は慶応の法学部を出てるんです。法学部を出て大学院に進学し、たしかいまでも博士課程に籍があるはず。勉強家なんですよ。そこで思うんですが、彼女、それが理由なんじゃないでしょうか」

「……つまり？」

隆彦は目をぱちぱちさせた。意味がわからない。

「だから」

と沙理はじれったそうに肩をよじり、

「かりにも市議会議員であるところの彼女が、根まわしは受けつけません、純粋にふたつの弁論を比べた上で判断しますなんて先輩議員ににべもなく言い放ったのはやっぱり尋常じゃありません。現役の法学研究生なればこそですよ。現役の法学研究生なればこそ、この局面でも理路《りろ》をむやみと重んじる。弁論を重んじる」

「……ただ単に、そういう性格なんじゃあ」

「それならそれで構いません。どちらにしろ、これで戦略ははっきりしました。彼女をくどき落とすなら、和久山さんは、法律という要素と、図書館存続論という要素とを結びつけて論じればいいんです」

「どう結びつくの？」

「知りません」

沙理はあっさりと言い切ると、パフェのてっぺんに鎮座していた巨大なマンゴーの果肉を頬ばり、

「和久山さんの腕の見せどころ」

「おいおい」

「無理ですか？」

「決まってるだろ」あからさまに眉をひそめた。「いいかい？　君はいま水と油をまぜろと言ったんだよ」

「水と油？」

「そうさ。法律は実業の極にあり、図書館は虚業のきわみに位置する。法律ほど社会の役に立つと容易に証明できるものはないし、図書館ほどそれが困難なものもない」

「そりゃあ、まあ……」

「その証拠に、法律事務所はそれ自体でたくさんお金を稼げるが、図書館はどれほど大規

模でも一文《いちもん》も稼げはしない。両者は正反対なんだ。どう結びようもない」

「それにしても」沙理は長い匙を左右にふった。「少なくとも教養とか生涯学習とかいう抽象的な、ぼんやりした価値にしがみつくよりはいいでしょう。いまは文化論なんか捨てるべきです。和久山さんはもっと現実的な損得を説かなければいけない」

「おなじことを増川さんにも言われたよ。しかし図書館は文化施設だ。この前提はひっくり返しようがない。となればやはり文化論に相渡《あいわた》らざるを……」

「それは正論です。正論にすぎません。思い出して下さい、相手の論拠はこの上なしに現実的なんですよ。お金がない、だから保《も》たない、その一点ばり」

「じゃあ、どうしろと言うんだ」

と隆彦はきゅうに力なく息を吐き、ちょうど糸の切れた操《あやつ》り人形のように背中をぞんざいに背もたれにあずけた。どうした、後輩にここまで言われて反撃しないのかとみずからを叱咤《しった》する気も失せた。それほど沙理の意見は厳しかったし、実現不可能に思われた。というか、本当のところ、沙理の意見はほかならぬ隆彦自身の意見でもあった。隆彦もうすうす感づいていないわけではなかったのだ。そう、自分はこれまで原稿用紙の上でたくさんの文字を書いたり消したりしながら、あるいは増川弘造という議員にあれこれ批判されながら、要するに大きな壁に挑んでいたのだ。図書館などという霞《かすみ》を食って生きているような、あってもなくてもいいような施設にどのようにして物質的な価値を認め得るか、認めさせ得るかという大きな壁に。そうして挑むたび、はね返されて来た。いまも指のひっかけどころすら見つけられない。

じゃあ、どうしろと言うんだ。隆彦はうつむいてしまう。背中はやはり背もたれに貼りついたままだ。沙理の視線もしだいにテーブルの手前のほうへ引き寄せられる。

「すみません」

と沙理がかぼそく言い、ちらりと隆彦をうかがったのは、あるいは隆彦が今夜あたり手首でも切りそうに見えたからか。隆彦は身を起こし、

「いや。とても参考になったよ」

ほほえんで見せたが、その笑顔のこわばりは誰よりも隆彦自身が強く感じていた。沙理は返事をしない。ふたりのあいだに沈黙がいすわる。ようやく隆彦がテーブルの上へ手を出し、はしっこに伏せられた伝票をそっと指でつまみつつ、

「……出ようか」

「はい」

「もう九時だ。すまない」

「いいんです」

お金を払い、店を出た。

ふりあおげば空はどんよりとしており、星ひとつ眺められない。東のほうに浮かぶ満月に近い月はピントの合わない写真よろしく滲《にじ》んで広がるのみで、ほとんど下界への光の供給をあきらめている。もっとも、いま隆彦と沙理が立つのは車も通らない狭い路地のまんなかであり、左右のいろいろなお店から白や黄色や赤や青のあかりが洩《も》れて来るので、まっくらやみというわけではない。相対《あい》すれば、おたがいの目鼻のありどころくらいは見てとれる。

「それじゃあ……」

沙理は隆彦を見あげ、語尾をごまかした。隆彦はうなずき、

「ここで別れよう。君は電車だろ？　駅はあっちだ」

と沙理のうしろのほうへ目をやる。沙理も隆彦の背後を指さし、

「和久山さんの帰り道は、こっち」

「よく知ってるね」

「N市には単身者むけの職員宿舎はひとつしかありません」

「そうだった」

「……またあした」

「気をつけて」

隆彦はきびすを返し、歩きはじめた。その背中へ、

「太陽の季節」

沙理の声がとんで来た。

「え？」

隆彦は立ちどまり、ふりかえる。沙理は泣き笑いみたいな表情になり、

「いや、あの小説のなかの竜哉と英子なら、ちょうどお酒やダンスにうつつを抜かしている時間だなあと思って」

「私たちは、抜かしてないね」

という答がただちに返って来たので、沙理はぴくりと睫毛《まつげ》を動かした。隆彦はすでにレファレンス・カウンターの職員の顔になっており、しきりに首をかしげている。

「あの小説が社会を席巻したとき、いずれ若い男女の道徳は壊滅するに違いないと健全な大人たちは眉をひそめた。しかしながら五十年後の現在において、その壊滅は実現していない。少なくとも完全には実現していない。してみると歴史上の流行現象というものを後代のわれわれが読み返すには警戒が必要なんだな。あらしの渦中にある人の発言をいちいち真《ま》に受けると、思わぬ間違いを……」

「勉強家！」

とつぜん沙理は路面をかかとで蹴り、そう叫んだ。と思うと、隆彦へ思いきりアカンベをして見せ、くるりと体の向きを変え、駆けだしてしまった。駅前のにぎにぎしい明るさのなかへ消えていく沙理の姿をぼんやりと見送りつつ、隆彦は、どうも自分はいま褒《ほ》められたのではないらしいと感じはじめている。

3

まだ開会の辞も述べられぬうちから、N市役所議会棟四階、議会第三委員会室はちょっとした騒ぎに包まれた。

思いがけず傍聴者がたくさん詰めかけたのだ。市内各地から足を運んだ一般の男女が、あらかじめ用意してあった十五席にひとりひとり腰かけたところ、六人が廊下にあふれ出たため、事務局は急遽《きゅうきょ》、二階の窓口前のロビーにTVモニターを設置し、彼らをそこへ導いた。傍聴のかわりに生放送を提供したわけだ。当然、委員会そのものも撮影装置をそなえた部屋でおこなわれねばならず、委員長、副委員長、一般の委員、行政関係幹部、および十五人の傍聴者たちは三階の議会第一委員会室めざして隊列を組み、ぞろぞろ階段をおりる仕儀となった。こんなN市の歴史はじまって以来の異常事態の結果、開会が予定より三十分遅れたことはいうまでもない。

すなわち午前十時半。委員長は開会を宣言し、それにともなう手続き上の文句をひととおり述べ、議案第十三号、N市図書館条例の一部改正に関する討議の開始を宣言した。

「委員長」

と、さっそく委員のひとり――たしか佐藤誠一《さとうせいいち》という名前だと隆彦は思った――が手をあげ、発言の許可を得てから、

「ここ数年来、N市の財政がたいへん困難な局面を迎えていることは周知のとおりであります。しかるに図書館という、一面では市民文化の向上に不可欠な、しかし一面では不要不急ともいえる施設にこれまでどおり少なからぬ公金を投じるのは果たして当を得ているのか、いないのか。わたくしは本委員会を、その討論のための場としたいと存じます」

と高らかに言いきり、たぶん何気《なにげ》なしにだろう、隆彦のほうへ目をやった。このため隆彦ははからずも、その誇らしげな顔をまともに見返すことになった。

隆彦はいま、傍聴席のひとつに座っている。前列に八席、後列に八席あるうちの前列中央に、ほかの十五人とおなじ方向を向いて着席している。隆彦から見ていちばん奥には五人の委員が横一列にならんでおり、そのうち、左のはしっこには増川弘造が、その右どな

りには香坂貴子が、ともに地味なスーツに身を包みつつ背すじをのばしている。増川のネクタイは濃紺だった。すなわち隆彦と、五人の委員は、長い部屋のなかの長い距離をへだてて正面から向き合っている。

この両者のあいだに三十七名の中年男女がずらりと縦横《たてよこ》に席をならべている。八割方は男性だが、男女ともおなじ青っぽいブレザーを身にまとっており、ちょっと高校の生徒を思い起こさせる。みんな座ったまま体を前へかたむけ、委員たちの一挙手一投足をうかがうのもやはり何とはなし高校の授業風景っぽい感じだった。ということはつまり隆彦には三十七のブレザーの背中が見えるわけだが、これがすなわち社会教育課、スポーツ振興課、幼稚園課等、市役所における文教関係部署の課長クラスの勢揃《せいぞろ》いというわけだ。もちろん図書館長も含まれる。図書館長、潟田直次の背中がどれかということは、ふだん職場をともにしている隆彦にはいまいましくも即座にわかる。最前列の右のはしっこ。その潟田がいきなり挙手し、

「委員長」

挙手したまま、左へ体をねじった。委員長および副委員長は、部屋の左のほうに座を占めているのだ。というか、左の壁をぴたりと背にして、右を向いて席についているのだ。この位置どりは一見したところ中立的だし、実際その議事の進行ぶりは隆彦の目にはじゅ

うぶん中立的だったけれども、もちろん彼らも委員のひとりであることに変わりはなく、表決のさいには一票を投じる権利を持つ。そのうちの委員長のほうが、

「図書館ちょーお、潟田、直次くーん」

と、地鎮祭《じちんさい》の祝詞《のりと》みたいな抑揚をつけて応答し、もって発言の許可のしるしとした。潟田は起立し、ちょっと委員長へ頭をさげ、

「ただいまの佐藤委員のご発言に関しまして、まずは私のほうから、現在のN市立図書館の情況を、概括的に説明させていただきます」

と前置きしたのち、こんどは正面の五人の委員のほうへ体を向けた。ふだんは槍のように細い体が、どういうわけか、きょうは巨大な塔のように見える。

「いよいよだ」

と、隆彦はその様子をはるか後方から見つつ肩をこわばらせた。潟田にははなから概括的な説明などをおこなう気がなく、また委員の誰ひとりそんなのを期待していないことは隆彦の予想したとおりだった。潟田はただちに持論を展開しはじめたのだ。

もっとも、隆彦のつとに聞き慣れたところの話ばかりではあった。昨年度の利用者数はこれこれ、貸出件数はこれこれ、なるほど同規模のほかの自治体のそれと比べて立派な成績と称するに足る。わが施設ながら見事なものだ。しかしながらそれがはたして毎年三千

万円からの市の支出を確保するための正当な理由になり得るかどうかはまた別の話であり、自分ははなはだ疑問に思う者である。なぜなら、市政の全体を見わたせば、そもそも市民生活の基礎的な条件がじゅうぶん整っているとは認めがたいからだ。救急医療センターは未整備、市営住宅はぼろぼろ、ごみ処理施設はフル回転しても仕事をさばききれないという有様《ありさま》のN市の財政のいったいどこに文化を追求するゆとりがあるのか。図書館は大切だ。それは否定しない。けれども救急センターの整備により救われるであろう幼い子供のいのち、市営住宅の建替《たてか》えにより確保されるに違いない市民生活の安全、そういうものと引き比べれば図書館の価値はやはり見劣りすると言わざるを得ないのだ。市政をあずかる人間は、事の軽重《けいちょう》を、事の後先《あとさき》を、くれぐれも誤ってはならない。そもそも街には本屋も古本屋もあるではないか。うんぬん。

聞きながら、隆彦はいよいよ落ちこんだ。図書館の責任者がここまで図書館の不利をあばくのは一種の不誠実だなどという内心の非難の言葉もいつのまにか吹き飛んでしまった。むしろ潟田が無私の人に見えた。自己犠牲の人に見えた。そうして自己犠牲の人のせりふほど、

「説得力のあるものはない」

隆彦はそう誰にも聞こえないようつぶやくと、視線を左へずらし、香坂貴子をうかがっ

た。襟《えり》なしの白いシャツにベージュのジャケットという保険会社の外交員みたいな服装をした若い女性議員は、ボールペンを握ったまま、真剣この上ない目つきで潟田をにらみ、ときどき小さくうなずいていた。もちろん潟田のほうも、うわべはともかく内心では彼女ひとりを相手に弁じたのに違いない。その証拠に、

「以上です」

と、板前が包丁をしまうように発言をきりあげ、着席したさい、潟田の後頭部ははっきり彼女のほうへかたむいていた。よっぽど自信があるんだな、これなら当然だけどと隆彦は思わないわけにいかなかった。ひとりでに頭が下がりはじめたが、意志の力で持ちあげ直した。どのみち落ちこむ暇はない。次は自分の番なのだ。

「委員長」

と、増川議員がほとんど間《ま》を置かずに手をあげた。委員席の左のはし、委員長その人にかなり近いところに座を占めているせいか、声はさほど大きくない。発言の許可を与えられると、

「ただいまの図書館長の話はすこぶる示唆に富むものでしたが、しかし何ぶんにも本案はN市の文教行政上たいへん重大かつ慎重を要するものであります。よってここはもうひとり、現場の業務に明るい職員の意見をも徴するのが適当と考えますが」

「委員諸君」委員長はやはり祝詞くさく受けた。「増川君の推薦するところの一般職員を参考人とし、本委員会に招致することを認めますか？」

「異議なし」

と誰かが——おなじ存続派の堀越さよ子あたりか——低く言い、それきり部屋はしんとした。野党会派の議員からも反対の声はあがらない。

「では認めます」

委員長はあっさりと宣し、きゅうに隆彦のほうへ顔を向けた。隆彦はスイッチを入れられたように起立した。全員の視線のいっせいに集中するのを感じつつ、まだ足の裏のふわふわした感じがやまない。こうもあっさり市政の中枢の仲間入りを認められたことが信じられなかったのだ。もちろん頭では理解している。あらかじめ増川がほうぼうへ働きかけておいたため。根まわしの功徳。あくまでも頭の理解にとどまるから、増川がデスクの上の書類に目を落とし、定型的な質問をしはじめても、隆彦はどこか堅苦しく応じてしまう。肩がこわばり、胸が高鳴るのが自分でもわかる。

「それでは」

増川が目をあげ、うなずいて見せた。

隆彦はうなずき返した。いよいよだ。いよいよ自分の論を述べねばならない。ぎこちなく口をひらいたが、その瞬間、とつぜん脳裡に沙理が浮かんだ。真昼のひまわりみたいに屈託のない、わかりやすい笑みが放射状に光の束《たば》を放っている。

「ああ。藤崎さん」

隆彦はいったん口をつぐみ、心のなかで感謝の言葉をかけた。あの日はありがとう。言いたい放題、言ってくれたものだね。とりわけ、ほら、法律という要素と、図書館存続論という要素とを結びつけろというあの助言、いま考えても無茶苦茶だ。やっぱり水と油だよ。けど、どういうわけかな、四度目の草稿は——最後の草稿は——それに沿うよう展開した。私にその気はなかったのに、論旨がひとりでに突っ走ってしまったんだ。ひょっとしたら時間的にぎりぎり追いつめられたせいかもしれない。何しろゆうべは、単身者むけの殺風景な1Kの部屋にひたすら閉じこもり、夜どおし机に向かっても何ひとつ案が浮かばなかったんだから。ようやく浮かんだのは明け方になり、部屋を出る時間が近づいたとき。もちろん冷静に読みなおす時間なんてなかったし、増川さんに内容を検討してもらう時間もなかった。さっき大ざっぱに口で伝えただけ。根まわしも何もなし。だから、ほら、いま私のほうを見あげる彼のまなざしの不安げなこと。

もういいや。

一か八《ばち》かだ。

隆彦は声なき対話を終えると、ひとつ息を吐き、ゆっくりと部屋中を見まわした。潟田がこちらを見ている。香坂議員も。委員長も。しかし隆彦はもう目をそらしたりしない。肩をこわばらせもしない。

胸の高鳴りは、いつしかおさまっている。

4

あまり時間もありませんので結論から申し上げます。どうして図書館は存続されねばならないのか。ここでは理由はたったひとつ。図書館というのは究極的に、ないし本質的に、じつは救急医療センターや市営住宅とまったく変わりのない施設だからです。

詭弁《きべん》ではありません。相手の駒を奪って使おうというのでもありません。このことを説明するためには、私はちょっと大きな網を打つほうがいいようです。つまり、そもそもこの近代日本とはどういう国家かというところから話をはじめるほうが。

などと言うと何やら壮大難解な立論みたいですが、ここにおられる方々には簡単でしょう。法治国家です。そこでは国家権力のいっさいは法律にもとづいて行使され、法律を作ることすら法律に拠《よ》らなければならない。国民ひとりひとりは法律に背いてはならず、背いた国民を裁く者もまた背いてはならない。けだし法律はあらゆる支配の根拠なのです。当たり前の話です。

ただしここで冷静にお考えいただきたいのは、法律とは、それ自体はただの文字のつらなりだということです。たいていは紙かディスプレイに映し出される。すなわち、そう、法治国家とはテキスト国家にほかならないのです。

当然、そこでは大事なことはみな印刷物により知らされる。法律や条例や役所の通達はもちろん、新聞、機関誌、薬の効能書《がき》、ガスレンジの説明書《しょ》、ほかにもいろいろありますね。加工食品の添加物の一覧も、引越し会社の見積も、年金制度の変更点も、生命保険の保障内容も、勤務先の社内資料も、社外資料も、スーパーマーケットの特売品目も……いわば広い意味でのテキスト主義。こういう社会にあっては、どのみち私たちは文字を読むという行為から逃れられはしません。すなわち文字を読むのは人間必須の能力にほかならないでしょう。生存のために必須ではないかもしれないけれど、近代的生存のためには必須です。

その文字を読む能力をもっとも大規模に、かつもっとも組織的にやしない、鍛え、保ち、深めるための装置はいったい何か。これはもう書物以外にはない。なぜなら一冊の本の蔵する情報は、質量ともに、ほかの印刷物のそれを圧倒するからです。むろん本にもよりますけれど。象徴的に言うなら、ひとりの少女がたくさんお伽《とぎ》話の本を読んで育《はぐく》んだものは、やがて一枚のパンフレットから善意の運動と悪徳商法とを見きわめるのにも役立つに違いありません。

そこで触れなければならないのがN市との関係です。いくら文字を読む能力がわれわれに必須としても、その支援をどうして財政難にあえぐ自治体が引き受けねばならないのか。市民ひとりひとりの自助努力にゆだねる法もあるのではないか。先ほど図書館長はそんな疑念を呈しておられました。それに対しては、いや、それに対してこそ、私は申し上げたいのです。図書館とは、救急センターや市営住宅とおなじ機能を果たす施設なのだと。

考えてみれば、市民の九割は救急センターを使いません。それほどの身体的な危機におちいることがないからです。同様に市民の九割は――もちろん数字は正確ではありませんが――市営住宅の世話にはならない。何とか自分でやりくりして住まいを買ったり借りたりできるからです。つまり行政が手をさしのべる対象はたった一割というわけですが、これはこれでいい。というより、むしろ対象がそういう特殊な少数、わけありの少数であるところにこそ、公金を投じる意義も理由もあるわけです。

ならば図書館もおなじでしょう。図書館もつまるところは処置を必要とする人のために存在する。書店にない本が読みたいとか、何冊もの事典や辞書をいっぺんに見くらべる羽目になったとか、あるいは自分の主題に見あう本がどれなのか見当もつかないとか、そういう非常の――けれども案外よくある――状態におちいった人間のために存在するのです。繰り返しますが文字を読むのは近代の人間に必須の能力。すなわち図書館は、その必須のおびやかされる機においてこそ真面目《しんめんもく》をあらわすのです。

それはまあ、実際はそうじゃない人もいますよ。理想と現実は違う。ただただ夏休みのひまつぶしに涼みに来るだけの若者もいるし、ただただ買うためのお金がもったいないというだけの理由で人気作家の新作をごっそり借り出す老人もいます。個人的にはたいへん情《なさけ》なく思う。しかし、そういう人はそういう人。彼らのために図書館そのものの価値はみじんも傷つけられはしません。ちょっとした病気やケガでむやみと救急車を呼びつける人はたしかに迷惑だけれども、だからといって私たちは救急車を走らせないわけにはいかないのだから。

あ、そうですか。……ほんとだ。もう七分。すみません。では。

5

隆彦は着席した。

部屋はしんとしている。潟田はこちらへ体をねじまげたまま、はっきり勝利の笑みを示していた。少なくとも隆彦にはそう見えた。委員長が、

「それでは……」

と言いかけたが、その瞬間、

「委員長」

鋭く呼ばわり、挙手したのは、香坂貴子議員だった。

この事実上のキャスティング・ボートは発言の許可を得るのもそこそこに椅子から立ちあがり、二十七歳らしい爽やかな口ぶりで、

「正直に申しまして」と切り出した。「わたくし、ただいまとても困惑しております。潟田さんと和久山さん、それぞれの意見をうかがうかぎり、どちらも一理あると考えざるを得ないからです。片方のみを落とすのは難しい。そこで」

と彼女はいったん唇をひきむすび、ひとつ咳払いをしたのち、

「みなさんに新たな案を提示したいと存じます。民間委託」

「……は?」

となりの増川が顔をあげ、聞き返した。香坂はそちらへ目をやり、小さくうなずき、

「図書館を存続するのでも廃止するのでもなしに、そっくり民間の団体にゆだねてしまう

のです。いかがでしょう」

論敵どうしの隆彦と潟田が、おのずから顔を見あわせる恰好になった。

室内がしんとした。

咳払《せきばら》いひとつ、衣《きぬ》ずれひとつ聞こえない。窓の外にはヘリコプターが飛んでいるようだが、その飛行音もかぼそい地虫《じむし》の音《ね》でしかない。

「民間委託……か」

ようやく声があがった。

増川弘造のものではない。委員長や副委員長のでもないし、潟田をはじめとする三十七人の課長級のでもない。ならば誰か。隆彦は視線を左右へ動かし、声のぬしを探した。

「ボーンヘッドだな」

という、公的な場所柄《がら》にふさわしからぬ俗語がつづけて発せられるに及び、ようやく位置がわかった。右のほうだ。前にずらりと並ぶ五人のうち、いちばん右の席の委員。かなりの高齢らしく、背中がいくぶん曲がっている。実際のところ隆彦は、その男がそこに存在することすら直前まで忘れていた。名前も知らない。あらかじめ知らされてもいない。

「あの……楠瀬《くすのせ》さん……」

いちばん左の増川が首を前にのばし、言葉をかけようとした。男は小さな白髪頭をぐい

と横に向け、

「増川さん」ただちに応答した。「あなたのところの会派は、どうやら一年生議員に過去の経緯も教えぬような烏合《うごう》の衆になりさがったようですな」

この明らかな挑発に対し、増川は何か言い返そうとしたけれど、相手のほうが一歩はやかった。委員長に発言の許可を求めたのだ。委員長が、

「楠瀬くーん」

と例の祝詞調で応じるやいなや、すっくと立ち、しゃべりはじめた。いままでの沈黙が嘘みたいな猛々《たけだけ》しい口ぶりだった。

「われわれ野党会派は、今期はふたりしか委員を出しておりません。何を言おうが多勢に無勢、これも選挙の結果だから致し方なしと正直なところ戦意をなかば喪失しておりましたが、やはりお目付役は必要なようです」

と委員長に向けて前置きしてから、また首を横にねじり、こんどは香坂貴子のほうへ、

「いいか、お若い娘さん。市立図書館の運営をそっくり民営の団体にゆだねようというのは、何もあんたの独創じゃない。もう五年も前にこの場に出され、しかも葬り去られた案なのだ。あのころは私たちの会派の委員ももっと多かったし、何より与党の出した案があんまり杜撰《ずさん》だった。年間これだけ経費が浮きます、これだけ人員が削減できますという動

勢予測の数字をひとつひとつ私たちが洗いなおしたところ、根も葉もないことが判明したのだ」

「ほんとうなんですか？」

香坂はそう言うと、突っ立ったまま、となりの増川を見おろした。

「否決はされていない」

増川は卓上を見つめつつ、苦しげに答えた。

「どころか、そもそも表決にすら持ち込めなかった。私たちは彼らの追及をかわしきれず、議論は混乱をきわめた。結局そのまま未決あつかいになり、継続審議にもならず……」

「五年が過ぎた」

野党の闘士はうなずき、満足げに腕を組んだ。

「しかし、それは」

増川は起立し、勇んで委員長に発言の許可を求めたが、許可が得られると口調はやはり淀みがちになり、

「彼女は、その、ほかの案件も抱えてますし……あまり事前の申し合わせに興味を示さない性格で」

「言い訳だな」

という楠瀬の一蹴に、野党会派のもうひとりの男が、となりの席から、

「山ほど案件を抱えるのはみなおなじ」

この不躾《ぶしつけ》な援護射撃をきっかけに、空気がもつれだした。野党側はかわるがわる与党の準備不足を責め、与党側はもっともらしく釈明するのに終始した。大とちりの直後にあっては、二対五という数的優位など何の力にもなりはしない。いまや青っぽいブレザーを着た課長たちも公然とささやきを交わしはじめる始末だし、十五人の傍聴者もどことなし落ち着きを失いだす。委員長は、

「静粛に」

と場をたしなめたが、あまり効果がないため、おなじ注意を三たび繰り返さなければならなかった。

その大とちりの張本人であるところの香坂貴子は、やはり自分の席に突っ立ったままだ。気丈に背すじをのばしてはいるものの、あるいは不満そうに唇をとがらせてはいるものの、胸のうちに慚愧《ざんき》の念がうずまくことは目じりの不自然な下がり具合から明らかだった。前髪もひたいに貼りついているし、机の上に置かれた指先は、遠く離れた隆彦にもわかるほど激しくふるえている。

「自業自得だ」

隆彦はつぶやき、そっと膝を叩いた。いくら現役の法学研究生であろうとも、おのれの判断力を過信し、根まわしを天から悪者あつかいすれば災いを招く。いうなれば、「正義の味方」のおちいりがちな裁判官きどり、それが彼女を自滅させたのだ。正義の味方そのものは毒がないが、不正義の敵はしばしば自分にも他人にも猛毒になる。

もっとも、これは香坂貴子の欠点というより、むしろ若さの欠点かもしれなかった。彼女は二十七歳。たぶん政治家はこういう失敗をたくさん繰り返し、たくさん悔やんで成長するのだろう。自分もおなじだ。隆彦はそう思った。たった三つか四つ年上にすぎないし、こちらは一介の図書館員にすぎないけれど、穴があったら入りたい思いなら無数にしてきた。今後もするだろう。仕事をするとはそういうことだ。

「……それじゃあ、委員長」

増川は立ったまま、弱りきったというふうに身をよじり、

「事ここに至ってはやむを得ません。楠瀬委員の疑問はごもっともと言うほかありませんから、この場を借り、まず私のほうから五年前のいきさつを思い出すかぎりご説明しなおすことを提案いたします。香坂委員はもちろん、ご出席の市職員のなかにもご存じない方はおられるでしょうし。いかがでしょう？」

要するに、ふりだしに戻ろうということだ。最悪の後退だと隆彦は感じた。委員長はう

なずき、いったん全員を着席させてから、

「賛成の委員は、挙手を願いまーす」

手をあげたのは四人だった。野党のふたりに加え、与党からは増川弘造および堀越さよ子。やや遅れ、香坂貴子もおずおず右手を掲げる。五人。

「賛成多数により、増川君の動議を承認いたしまーす」

増川はあらためて起立し、ひとつ溜息をついたのち、しゃべりはじめた。

6

文教常任委員会にも、お昼休みはある。

十一時半きっかりに委員長は増川に演説の中断を申し渡し、それと同時に、ほかの委員がいっせいに席を立った。つづいて課長クラスの男女もぞろぞろ部屋を出る。どうしたらいいかわからないまま隆彦はその流れにまじりこみ、階段をおり、議会棟の玄関を出たが、そこで課長たちは四散してしまった。ひとり手近な通用門から本庁舎——議会棟とは別——へ足をふみいれたものの、舎内の間取りは複雑をきわめ、どこに食堂があるのかも判然としない。こんなことなら朝のうちにパンかおにぎりでも買うんだったと歩きながら悔やんだけれど、思い返せば朝はぎりぎりまで演説の案を練っていた。そんな余裕のあろうはずがない。

このままだと食いはぐれると危ぶみつつ、別の通用門から本庁舎を出た。つれづれなるままに足をまた議会棟へ向ける。と、ふたつの建物をつなぐ渡り廊下から少し離れた芝生の上に木製のベンチがひとつ置かれていた。ずいぶん古ぼけた、白いペンキも剝《は》げに剝げている、N市の財政事情を象徴するような長椅子だ。

男がひとり腰かけている。青いブレザーをぬいで背もたれにひっかけ、前かがみになり、静かにサンドイッチを口に運んでいる。隆彦はきびすを返そうとしたけれど、相手が、

「和久山君」

と、こちらに顔を向けたのが先だった。隆彦はしぶしぶ体の向きを元に戻し、

「……館長」

「奇遇だな」

さっきまでの論敵はとなりの座面をとんと叩き、

「座れよ」

隆彦はためらいを示した。潟田は表情を変えることなしに、

「庁舎内に食堂はない。近隣の定食屋はどこも市の職員でいっぱいだ。コンビニは歩いて

五分以上かかるだろう。つまり」

ぴしぴし要点のみを告げたのち、膝の上のお弁当箱から長方形のサンドイッチをひときれ、つまみ出した。

「座らなければ、君は餓死する」

隆彦は目を剝《む》いた。

が、それは貴重な糧《かて》を恵まれたためではない。隆彦の視線はお弁当箱へ注がれていた。安っぽい青色のプラスチックの箱の側面に、アンパンマンとその仲間たちが飛び交っている。ばいきんまん、メロンパンナちゃん、ジャムおじさん、バタコさん。

「館長、それ」

「ん？」

潟田はちょっと首を横にずらし、ななめに見おろしつつ、

「子供のおさがりだ。息子がこの春、小学校に上がったのでな」

「そうでしたか」

「非人間的な上司の人間的な一面をかいま見た、か？」

「問題の出どころがわかりました」

「出どころ？」

「新年の」

潟田は眉をひそめ、少し考えたのち、

「ああ」

はにかんだ。この男にはめずらしい表情だった。

問題というのは、今年の一月の仕事はじめの日、N市立図書館の副館長に着任した潟田がいきなり隆彦にぶつけた本さがしの相談のことだ。事実上の試験ないし人物考査。かなりの難問だったため、隆彦も、もうひとりのレファレンス・カウンターの職員、楢本さんも、ずいぶん頭をしぼらされた。考えてみれば、あれが隆彦の不服従の歴史のはじまりだった。

「半年前だ」

潟田はつぶやき、空を見あげた。空は鈍色《にびいろ》の雲が厚い。

「まだ半年しか経っていない」

隆彦は返事しない。もしあの一件がなかったら自分はいまごろ何をしているだろうと奇妙な感慨に打たれてしまい、いい文句が浮かばなかったのだ。ただしこの自問に答えるのはかんたんだった。いつもどおり調査相談課の通常業務に汲々《きゅうきゅう》としていたに違いない。少なくとも市議たちを向こうにまわし、説得の弁をふるうという大《おお》仕事など思いもよらなかったろう。

そう思うと、何だか隆彦はきゅうに施しを受けたい気になった。というか、受けなければならない気になった。潟田のとなりに遠慮がちに腰かけ、お礼を言い、ハムとレタスとトマトをはさんだ薄い食パンを口に入れる。

「君の勝ちだ」

静かに咀嚼《そしやく》していると、潟田がさらりと告げた。隆彦はあわてて呑みくだし、

「私の？」

「ああ」

「図書館は存続されるという意味ですか？」

「そうだ」

隆彦は目をしばたたき、

「けど表決は、まだ……」

「表決はしない」潟田は淡々と説明した。「聞いただろう、委員はみな山ほど案件を抱えている。小学校の校区の選択制の導入の是非とか、観光客むけのPR資料の整備とか、午後には午後の議案があるんだ。いきおい図書館の件は未決あつかい、後日の討議に俟《ま》つことになる。その後日は、さて三年後かな、五年後かな。そのころには君も私もほかの部課

へ異動している」

「単なるモラトリアムだ。本質的な解決になってない」

「本質的な解決か」

潟田はふっと息をもらし、つかのま遠い目をした。

「君もまんざら知らんでもあるまい。大人の世界でそれを得るのは、宝くじで三億円を当てるよりもむずかしい。当面の解決がすなわち解決だ」

「そうでしょうか」

「不満か？」

「当たり前でしょう」

残りのサンドイッチを地に叩きつけたい衝動に駆られたが、心を鎮《しず》め、

「あれでも精いっぱい考えたんです。図書館職員としての経験と人格をすべて注《つ》ぎこんだんです。私には大切な主張なんだ。なのに白黒つけることもせず、なしくずしに。増川さんもおなじ気持ちのはず」

「おいおい」

潟田は苦笑し、お弁当箱の下の脚《あし》を組んだ。

「増川さんこそ、モラトリアムとやらの張本人なんだよ」

「え？」

隆彦は二の句が継げない。潟田は絹地《きぬじ》をなでるような口ぶりで、

「だてに長いこと議員をやってないよ。もちろん香坂さんの発言は予想外だったろうし、野党からの攻撃にも心底から辟易《へきえき》したろうが、対応に追われつつも策を練り、むしろその情況をたくみに利用するほうへ話を運んだんだ」

「あれが……計算の結果だったと？」

「思い出すんだ、彼が五年前の経緯を説明しなおしたいと委員長に提案したときのことを。彼の会派のうち、はじめに挙手したのは図書館存続派の委員だけだったろう？」

そのとおりだった。してみると廃止派のふたりが両手を机の下に収めたまま苦虫をかみつぶしたような顔をしていたのは、あの時点でもう増川の意図を読んでいたわけだ。

「けど」

隆彦はちょっと言い淀んだのち、なお納得がいかないという口ぶりで、

「野党のふたりも手を挙げてました。いくら何でも、与党の仲間をさしおいて野党との共闘を選ぶとは……」

「あれくらい、共闘でも何でもないさ。表決そのものなら話は別だが、それ以前の討議の段階ではどんな離合集散もあり得る。それは無節操というより……一種の根まわしだな、

これも」

「根まわし？」

「そうだ。考えてみれば、そもそも委員会の機能そのものが本会議のための根まわしのようなものだしな。地方政治の現場というものは、畢竟《ひっきょう》、ややこしい利害関係の交通整理の場。そこでいちばん強いのは、増川さんのような寝業師《ねわざし》なのだ」

「そういうものですか」

「そういうものだ。あの人はその点、国政よりも地方政治のほうが向いてると私は思う」

「不思議です」

「何が？」

「館長が」

隆彦は居ずまいを正し、相手の顔をまっすぐ見て、

「どうしてそんなに冷静に評価できるんです？　おっしゃるとおりだとしたら、増川さんは館長を挫《くじ》いた張本人じゃありませんか」

「地団駄ふんで悔しがれと言うのか？」

「……まあ」

「それで挽回できるなら、いくらでも悔しがるがな。今回は無理だ。そもそも和久山君、

いちいち挫かれるごとに冷静を失うんじゃあ、社会人は身がもたない。だろ?」

それはそうですがとか何とか小声で応じつつ、隆彦ははたして潟田の言《げん》が本心からなのか、あるいは何か別の感情のとりつくろいなのか見さだめられない。ひょっとしたら図書館存続の結果にどこか安堵するところがあるのかもしれないぞ、何しろ読書家だものと考えるのも我田引水じみている。隆彦は顔をそらし、右手のサンドイッチをいっぺんに頰ばった。

「だいいち増川さんは張本人ではない」

潟田はぽんと隆彦の肩を叩き、おどけた口調になり、

「なるほど彼はあっぱれ事を収めたが、それも君の捨て身の弁論があってこそ」

「まさか」

「事実さ。あれが香坂さんのエラーを引き出したんだ」

「そうは思いません」

隆彦は強く言う。潟田は鼻を鳴らし、

「ほめてるんだが」

「存じております」

「つくづく反抗的なやつ」

あきれたと言わんばかりに潟田は首をふる。隆彦はぷいと横を向き、

「そういう星の下《もと》に生まれたようです、館長と私は。今後もおなじでしょう」

潟田は言葉を返さない。

前方の自転車置場のほうへ目を向け、それから手もとのお弁当箱を見つめだしたのは、何か思うところがあるようだ。隆彦は声をかけようとしたが、その刹那《せつな》、潟田のほうが、

「私は内定している」

愕然《がくぜん》とした。

どういうわけか、何の話か即座にわかった。腰を浮かし、相手に向きなおり、

「なぜですか？　着任してまだ半年なのに」

「当たり前だろう」

潟田はもうひときれサンドイッチをよこし、冗談っぽい口調をつくり、

「図書館廃止論をぶちあげた人間が、どうして図書館長の椅子に座りつづけられる？」

「あ」

隆彦は腰を落とし、サンドイッチを手にとった。まったく機械的な動作だったが、そのまま口へ運ぶことはしない。裏返したり元に戻したりしつつ、ただ白いスポンジ状の表面を見つめるのみ。心の動揺にみずから気づかないわけにはいかなかった。

「……行先は？」

「市長秘書室」

「古巣ですね」

潟田はあくまでも他人事《ひとごと》みたいな口調のまま、

「前は副室長だった。こんどは室長として帰るだろう。課長待遇の横すべりだ」

「おめでとうございます」

「ありがとう」

「がんばって下さい」

「はじめて励まされたな」

「……まあ、儀礼上」

隆彦はようやく食べものを口に入れたが、

「君も来るんだ。和久山君」

と言われるに及び、ぶざまに立ちあがり、激しく咳きこんだ。肉のかけらが変なところに入ったらしい。潟田から水筒のほうじ茶をもらい、ようよう嚥下《えんげ》し、ひとつふたつ深呼吸してから、

「不可能だ」

「市長に口をきく。あそこなら可能だ」

「私はいまの仕事が好きです」

「一生そこで過ごす気か？」

潟田がまるで叱責するように問うた。隆彦はこれ見よがしに耳の穴に指を入れ、

「おっしゃりたいことはわかりますよ。公務員が長い期間おなじ地位にありつづけると腐敗の温床になる、でしょう？」

「一般論はどうでもいい」真剣なまなざし。「核心は君個人にある。君の精神が腐るのは惜しい」

「お断りします」

「N市の条例の附則《ふそく》を知らんのか」

相手はいっそう表情を険しくし、凜々《りんりん》と言い放った。

「潟田直次にものを言われたら、和久山隆彦は決して逆らってはならない。そう明記されてる」

「ほんとですか？」

隆彦が目を見ひらき、問いなおすと、

「なかったか、そんな附則」

潟田はがらりと顔をくずし、含み笑いしながら、

「では作るべく議員への運動を開始しよう」

この一連のやりとりを隆彦はいくたびか頭のなかで再生しなおし、ようやく条例うんぬんはからかいの文句だと気づいたが、反撃のすべを思いつかない。ぼーっと相手の顔をながめていると、

「おや」

本庁舎のほうから声がした。

ふりむけば、通用門をちょっと出たところの渡り廊下にひとりの男が立っている。見なれた濃紺のネクタイ、見なれた七三《しちさん》わけのグレーの髪。

「増川さん」

呼びかけると、増川弘造はゆっくりと歩いてきて、

「別の用事が学務課にあってね。いま議会棟へ戻るところだ。……政敵どうしの密談かな?」

と、やや怪訝《けげん》そうに尋ねたのは、もちろん隆彦のとなりの人物を認めたためだが、隆彦が釈明するより先に、潟田がにっこりとし、

「試合後のエールの交換ですよ」

「ほんとに?」

増川は隆彦のほうを向く。隆彦は、

「ほんとうです」

と話を合わせ、合わせせた自分にびっくりした。潟田がいっそう軽やかに、

「正直、あの参考人の発言には肝《きも》を抜かれました。この男があれほどの見識のもちぬしとは思いもよらなんだ。どうも上司失格ですな。さだめし増川さんの指導がお見事だったのでしょう」

「私は何もしていない」

増川はおとがいを解いた。その表情には、もはや決着がついたという安堵がにじみ出ている。

「草稿はまったく和久山君ひとりの作物《さくぶつ》です。寝る間も惜しんで考えたとか」

「そういえば図書館でもつねづね献身的なはたらきを」

こんなに持ち上げられるのはいつ以来だろう。もしかしたら就職後はじめてかも。隆彦はお尻がむずむずしだし、

「もうひとり」

と、鼻の前で手をふった。

「じつを言えば、法律という要素と、図書館存続論という要素とを結びつけて論じたらと最初に私にアドバイスしたのは藤崎沙理さんなんです」

潟田は目を見ひらき、

「児童書の？」

「はい」

「つきあってたのか」

とたんに隆彦はまっ赤になり、

「何を根拠に」

「寝る間も惜しんだと」

「ひとりで惜しんだんです。単身寮で」

潟田はこれまでに聞いたことのないほど高らかな笑いを空に打ちあげ、

「むきになることはない。お似合いのふたりだ」

増川もまるで親戚の集まりで伯父さんどうしが世間話をするみたいな顔になり、

「和久山君なら、誰が相手でも竜哉と英子みたいにはならないよ」

潟田が首をかしげ、

「誰ですか？」

「失礼」増川は舌を出した。「石原慎太郎『太陽の季節』の主人公ですよ」

「ほう？」

潟田が片方の眉をあげた。

増川はちょっと横へずれるよう隆彦に要求し、あいた座面に腰かけた。ひとつ大きく息をついたのち、形式的には調査相談課の職員へ持ちこんだことになる依頼の内容を説明しはじめた。ときおり潟田も興味ぶかそうに聞き返したり、細部を確認したりした結果、隆彦は、左右から長上の声にはさまれることになった。勃起した陰茎がつぎつぎと白い障子を突き刺すという印象的なあの場面を、いったい自分はどの小説のなかに見いだしたのか。高度な政治小説であることは間違いないが、ただし断じて『太陽の季節』ではないその文庫本を、

「ぜひ読みなおしたいんですよ」

増川がなかば照れたように話を結ぶと、

「なんだ」

潟田は目を丸くし、隆彦の顔をしげしげと眺め、

「四年間レファレンス・カウンターに立ってきて、そんなことも知らんのか」

7

三か月がすぎた。

八月最後の金曜日、午後七時半。N市立図書館二階のレファレンス・カウンターはもう一時間以上もお客を迎えていなかった。

無理もない。何しろ夏休みも終わりだから入館者といえば宿題をあせる中高生か受験生がほとんどだし、彼らは空気をがさつかせるため、ほかの大人はまるで天災から避難するみたいに早々に館外へ立ち去ってしまう。調査相談などという贅沢ないとなみの余地はほとんどない。

そうだ。

自分はこの時期があまり好きではなかったんだっけ。

隆彦はぼんやり思い出しつつ、椅子に座り、木製のカウンターに両肘《ひじ》をつく。頰杖をつき、天井をながめている。例年なら小うるさい未成年どもをたしなめるべく館内を巡回したり、学習室へたびたび出向いたりもするのだけれど、今年はちょっと心持ちが違うし、そもそも落ち着かないのは学校の生徒ばかりではない。職員たちもだ。

正職員、嘱託職員、アルバイト、ボランティア等、総勢二十九名はめいめい通常の業務をこなしつつ、夕方あたりから浮足《うきあし》立っていた。或る者はわけもなく階段の途中から二階の様子を見おろすし、或る者はあからさまに目ひき袖ひき立ち話をする。楢本さんすら、さっきから奥の事務室とレファレンス・カウンターを意味もなしに行ったり来たり。隆彦はそれらに不審の念を抱かなかったし、咎《とが》めもしなかった。

「咎められるはずがない」

隆彦はひとりつぶやき、溜息をついた。

「みんな、私をたねに賭けをしてるのに」

隆彦が受ける最後の相談はどんなのか。それが賭けの中身だった。内容は文系か理系か。教養系か実用系か。相談者は男か女か。若者か年寄りか。それを隆彦は何分《ぷん》で解決できるか。というような不まじめな予想をひとりひとり所定の用紙に書きこみ、専用のファイルに綴じ、その上できょうという日を迎えたのだ。みごと正解した人には和久山隆彦のサイン入り色紙をプレゼントします、というわけ。

「あと二十分か」

背後から声がした。隆彦はちらりと壁の時計へ目をやってから、ふりかえる。楢本さんだった。この十五歳くらい年上の、おなじ調査相談課に属する先輩は、ちょっぴり不自然

なほえみを見せながら、

「もう七時四十分。あと二十分で店じまい」

隆彦がうなずき、肩をすくめ、

「次に来るのが最後の人。そうなるでしょうね」

「あるいは、誰も来ないままタイムアップ」

「それ」

隆彦は顔を曇らせ、また壁の時計を一瞥し、

「現実味を帯びてきました」

「気にすることはないよ」

楢本さんは右となりの、コンピューターに向かう椅子に腰かけ、

「みんなが勝手に遊んでるんだから。私もだが」

隆彦はありがとうございますと返事し、もうひとつ溜息をつき、

「じつは、何というか……」

「何？」

「期するところもないではないんです」

「最後の仕事に？」

「はい。例の件、かならずしも満足な結果に終わらなかったから」

もちろん障子とペニスの件だ。あの日、市役所の敷地内のベンチに座りつつ、潟田は増川からひととおり話を聞いた。とたんに、

「武田泰淳《たけだたいじゅん》の短篇『異形《いぎょう》の者』じゃないか」

あっさり言い放ち、依頼者の尊敬をひとりじめしてしまったのだった。

武田泰淳。

明治四十五年うまれ、昭和五十一年没。もとより言うを俟《ま》たないが、野間宏《のまひろし》、椎名麟三《しいなりんぞう》とならぶ戦後派の代表的な作家だ。「司馬遷は生き恥さらした男である」という電撃的な一文にはじまる評伝『司馬遷』や、難破船の船長が飢餓のため仲間の死体を食べたという実在の事件に徴《ちょう》して人間の罪のありようを問う短篇「ひかりごけ」はいまも広く読まれている。前者は講談社文芸文庫版があるし、後者は新潮文庫版『ひかりごけ』に収められ、静かに版を重ねているようだ。

問題はその『ひかりごけ』だ。この文庫本はほかに三つの短篇を収録しており、そのひとつが、ほかならぬ潟田の指摘した作品なのだから。タイトルの「異形の者」は僧侶の異称。作者自身の青年期の体験に取材した、青春小説の陰画というべき小説だ。

主人公は、浄土宗の裕福なお寺に生まれた「私」だ。「私」は安易に、あたかも「地主

の子が地主になるように」僧侶になろうと思い立ち、加行《けぎょう》道場へ入山した。加行道場とは、受戒の免状をもらうための修行施設。そこで「私」は仲間と集団生活をいとなみつつ、礼拝《らいはい》のお勤めをしたり、こっそり差し入れられた鮪《まぐろ》のお寿司を平らげたり、参拝に来た女性客の頬や指をぬすみ見たりする。この小説の読みどころは、そんな生活を送りつつ「私」がおもに女犯《にょぼん》に関する妄想ないし煩悶に胸を焦がす、その焦がしぶりにあるといえよう。

登場人物はあまり多くない。が、穴山という年上の修行仲間はたいそう印象的だ。この肥満した、足の悪い、みじめな小寺の出であるところの男は、お坊ちゃん育ちの「私」への反感をたびたびあらわし、やがてはっきり喧嘩を売るようになる。その喧嘩の売り買いが後半のストーリー上の重要な関心になるのだけれど、ここではそれは問題にしない。問題にすべきは、中盤あたりで彼が酔余、あの障子のぶち抜きをやったことだった。

穴山の目的はもちろん障子を倒すことなどにはなかった。直立させた陰茎で障子紙に穴をあけるのであった。彼は横に位置をうつすと、またオウと腰を動かした。

「私」はそれを眠ったふりをしながら聞いているのだが、何しろ加行僧たちの寝間は「十畳の間四つと、八畳の間二つをぶち抜いた」大《おお》広間だから、穴山のしわざは延々として終わらない。長い時間ののち、ようやく彼は絶頂に達する。

穴山が疲れた息を長々と吐き出す音がきこえた。穴山はそれから、満足したというにはあまりにも無細《ママ》工な、不快におしつぶされた声で、「ああ、ゴクラク、ゴクラク」とつぶやいた。

けだし増川が、刺し通しは十回ないし二十回にも及んだと主張したのは、記憶ちがいでも何でもなかったのだ。と同時に、石原慎太郎の「太陽の季節」のほうの当該部分にコクがないという感想を持ったのも決して不当ではなかった。

もっとも、両者のあいだには、単なる回数以上の質的なへだたりがあるだろう。「異形の者」における穴山の行為は、ほかならぬ宗教施設のなかの行為だからだ。当然それは冒《ぼう》瀆《とく》であり、背信であり、言葉の厳密な意味における破戒になる。このさい「ゴクラク、ゴクラク」という感動詞（？）はまことに効果的というほかない。彼らの教義における聖の聖なる概念がそっくり最低の俗語に転じた瞬間だ。こんな大きな落差がそのまま主人公の内心の葛藤の深さになるのだもの、それを読んだ若年の増川が強烈な印象を受けたのはむしろ当然の結果だった。これに対し「太陽の季節」の竜哉のおなじ行為は、破戒どころか、せいぜいが背徳の域を出ない。自宅の離れという安全地帯で、しかも英子という男性経験じゅうぶんな女性を相手にちょいと見得を切っただけ。張子《はりこ》の虎と言うと言いすぎだが、これを書いた当時の石原慎太郎はまだ一橋大学在学中。やはり限界はあったのかもしれない。武田泰淳が「異形の者」を書いたのは三十八歳のころ。

「でもさあ」

楢本さんは椅子をちょっと回転させ、あくまでも世間ばなしの口ぶりで、

「私も君に聞いて読んだけど、あれは政治小説じゃないよね。宗教小説だ」

隆彦はそうですと答えてから、

「しかし武田泰淳は元来、宗教的であると同時に、政治的な感じも濃厚な作家でした。何しろ典型的な戦後派だし、戦前は、早くも浦和高校の生徒だったころに左翼運動に参加していますし。そんな作家の印象を、たぶん増川さんは作品の印象へも持ち込んでしまったのでしょう。館長はそれを見通した」

「たまたま知ってた。それだけさ」

隆彦は背もたれに背をあずけ、力なく首をふり、

「知らなくても、気をつけて調べていれば、いずれ引っかかったと思う。決して特別な知

識じゃなかったんだから」

「そうかなあ」

「そうです」

忘れもしない。隆彦は後日、ひとり閉架書庫にこもり、筑摩書房版『武田泰淳全集』を検証したのだった。その第五巻の巻末に至り、隆彦の手はぴたりと停止した。開高健《かいこうたけし》の記した「解説」に、こんなくだりがあったのだ。石原慎太郎『太陽の季節』は売れに売れたし、例の陰茎と障子のシーンも大いに取沙汰されたけれど、そのとき武田泰淳の先行作を思い出した人はほとんどいなかった。自分（開高）のほかには荒正人《あらまさひと》と臼井吉見《うすいよしみ》くらいではなかったろうか。隆彦は本を閉じ、失望の溜息をついた。逆に言うなら、当時から具眼の士には知られていたということではないか。

「念のため付け加えますが」

隆彦は身を起こし、楢本さんの顔を見た。

「これは剽窃《ひょうせつ》の可能性を示唆するものではありません。私もかなり注意ぶかく読みなおしましたけれど、語彙《ごい》も文章構成もそれぞれ完全に独自のものでした。何より『太陽の季節』の主人公には、障子に穴をあけるだけの心理と環境がきちんと与えられています。無理なところ、不安定なところが毫《ごう》もない。いかに青くさいものであろうと」

「単なる偶然？」

楢本さんに聞き返され、隆彦はあごに指をあてて考えながら、

「あるいは、かりに石原慎太郎が『異形の者』を読んでいたとしても、その記憶はせいぜい無意識の底に沈むという程度にとどまっていたのでしょう。その記憶が『太陽の季節』執筆のさなかに知らず知らず浮かびあがった」

「君は偉いよ、和久山君」

楢本さんは、ふいに真剣な顔になる。隆彦は目をしばたたき、

「……どうして？」

「結果が出たのちも執念ぶかく対象を追いかけた」

隆彦は肩をすくめ、

「結果そのものを出すほうが偉い」

「それは時の運さ」楢本さんは声を励ます。「書物の世界はあまりに広い。あまりに豊かだ。どんなに有能な図書館職員でも、あらゆる相談をきれいに解決するなんて不可能だ。そんなこと、和久山君もわかっているはずじゃないか」

「しかし……」

隆彦が口をつぐむと、相手はきゅうに目じりを下げ、

「ま、それが四年あまりのレファレンス・カウンターでの最後の仕事になるのは嫌だっていう気持ちはわかるけどね」

「そうなんです」

隆彦はなかば照れ笑いし、カウンターの卓面をこつんと指のふしで打った。

「何しろ、あれから私のところへは相談らしい相談がぱったりと来なくなりましたから。たまに来たと思ったら、『広辞苑』を引くか、コンピューターに検索語をちょいちょい打ちこめばわかるような質問ばかり。めぐり合わせが悪すぎる。もっとも、私のほうも近ごろは来館者にじかに応対する機会がとぼしかったのも事実ですけど」

「後任者への引継ぎで忙しかったからね」

「はい」

「あの子、どう？」

「え？」

「調査相談課の仕事、やれそうかい？」

隆彦は少し考えてから、

「私より役に立つかも」

「それは頼もしい」楢本さんは大きくうなずいた。「そうなると去りゆくほうとしては、なるほど、いっそう期するところも大きくなる」

「しかしこの閑古鳥」

隆彦は両手をひろげ、大げさに唇をゆがめて見せた。

「仕事なんて、そんなものですね。空《から》まわりの連続」

「あきらめるのは早いよ」

楢本さんは椅子から立ちあがり、ぽんと隆彦の肩を叩いた。

「まだ二十分ある」

「十五分です」

楢本は腕時計を見た。ちらりと舌を出し、頭をかきかき、

「まあ、さりげなく待つんだね」

「わかってますよ」隆彦はくすりと笑い、「さりげなく待ち、さりげなく話を聞く。レフアレンス・カウンターの業務の基本」

「結構」

「ありがとうございます」

「じゃあ」

楢本さんが事務室に引っ込むのを見送るべく、隆彦は首をうしろに向けた。ドアのノブ

に手をかける楢本さんと笑みを交わし、もういちど軽く礼をする。

その刹那。

楢本さんの表情が凍りついた。

うっすらと口をあけ、目をいっぱいに見ひらいている。その視線はどうやら隆彦の肩のちょっと上へそそがれているようだ。隆彦があわてて振り返ると、

「調査相談というのは、ここでしてくれるのかな？」

鋳物の鍋のようにどっしりした切り出しぶり。隆彦は座ったまま。いきおい声のぬしを見あげる恰好になる。

とても印象的な顔だった。いったん定規で正方形を描いてから四《よ》すみを面取りしたような輪郭。その中央下方におごそかに鎮座しますます厚ぼったい唇。わりあいつぶらな両の瞳。じかに言葉を交わしたことはないが、それでも隆彦はこの顔を知らないわけがない。選挙用ポスター、N市の広報誌、各種資料の挨拶文……ふだんから至るところでお目にかかる顔なのだ。いきおい、

「は、はい」

と返事したきり絶句してしまう。相手はちょっと迷い、それから生《き》まじめに名乗りをあげた。

「坂本という者ですが」

名乗られるまでもない。N市長、坂本経成。もちろん隆彦ごときが親しく口をきける相手ではない。二年あまり前、視察の名目でいちどだけ図書館に来たときも、隆彦は配架か何かの仕事をしつつ本棚と本棚のあいだから顔をかいま見ただけだった。その市長が、この期に及んで。たったひとりで。隆彦はようやく起立することを思い出し、気をつけしたまま、

「ようこそ」

我ながら甲高《かんだか》い声。それから深いお辞儀。さりげなさからもっとも遠いせりふ、もっとも遠いしぐさだった。市長は寛容な苦笑いを見せ、

「そんなに緊張せんでも」

とつぶやいてから、視線を隆彦の頭から腹へおろし、また頭に戻し、

「君が、和久山君か」

「そのとおりです」

「話はいろいろ聞いてるよ。頼もしそうな青年だ」

「ありがとうございます」

機械的な言葉でも、発すればそれなりに心の余裕ができるものだ。隆彦はわずかに目を

そらし、相手のうしろのほうを見た。百科事典の本棚のあたりに早くも幾人かの職員が集まりだし、こちらの様子をうかがっている。市長はそれに気づかない。左右をさっと見わたし、

「潟田君は、きょうは？」

「午後から秘書室のほうに。こちらの業務はほぼ整理したとのことで」

「そうか。外出していたから知らなんだ。相変わらず手まわしがいいね」

「はい」

「君の処遇についてもそうだった」

隆彦は、首を縦に動かした。

来週になれば月が替わり、隆彦の所属先が変わる。いまは文字どおりの、最後の仕事の時間なのだ。

ただし異動先は市長秘書室ではない。いくら何でも常任委員会の場であらわに論戦を交わした両者がいきなり机をならべるのは適切ではないという内々《ないない》の理由により、隆彦は、総務課の下《した》の企画グループというところに配属されることになったのだ。市政を総合的な立場から見わたしつつ、五年先、十年先のための計画立案をあつかうという小さいけれども枢要の組織。当然いろいろな部課との協力が必要になるが、わけても重要なのは市長秘

書室との連携だという。なぜなら、この企画グループは元来が坂本市長の肝《きも》いりで誕生したものであり、市長個人の政治的構想を統括的に展開するための貢献を期待されているからだ。職場もおなじ庁舎のおなじ階にあるとか。どうやら今後、自分は秘書室長と直接間接につながりを持ちつつ仕事をすることになるらしいと隆彦はぼんやり想像している。けだし潟田は、おのれの意志をあたうかぎり通したというべきだった。

「それで」

隆彦はかたずを呑み、

「あの、どんなご相談で？」

そうそう、それだと市長はことさら思い出したように言い、

「本をさがしたい」

「どのような？」

「君の本をだ。和久山君」

「え？」

隆彦はおそるおそる自分の鼻を指さした。市長はまじめな顔になり、

「そう。君自身が用いた参考書だよ。何しろ先《さき》の委員会においてて君がおこなった主張、あれは議員や職員にたいそう評判がよくてね」

「はあ……」

「なかには、この図書館の存在のための最大の理論的根拠になるとまで言う者もある。大したものだ」

「光栄です」

と、蚊の鳴くような声で答えるしか隆彦にはできない。むろん初耳のことばかりだった。

「じつを言うと」

と市長は一歩近づき、つかのま申し訳なさそうな顔を見せたのち、

「これまでは私もこの件について強い意見が述べられなかった。存続派、廃止派の板ばさみに遭《あ》う恰好になってしまったのでね。しかし、いまは違う。すでに議員連には伝えたことだが、はっきり存続させる気でいる」

「あ、ありがとう……」

「そうなると改めて関心の的になるのが君の主張だ。むろん要旨そのものは議事録を読めばわかるし、私も読んだ。しかし私はもうひとつ奥を知らねばならん。N市の経済的な苦境に変わりがないことを考えると、今後おなじ問題がいつ再燃しないとも限らないからだ。その奥というのが、すなわち、草稿づくりのさい君が参照した書籍のリストにほかならない」

「……リスト」

隆彦はつぶやいた。相手はほとんど演説の口調になり、

「そうだ。五冊か十冊か知らないが、とにかく勉強の種本《たね》がこの図書館にあるはずだ。それを包まず教えてほしい。情報を開示してほしい。これは私自身の関心でもあるのだ」

何てことだ。

隆彦は、体のこわばりが溶《と》けるのを感じた。

ひとりでに笑いがこみあげたが、まさか口から放つわけにはいかない。のどの奥でよう押し戻し、ことさら目を細め、また市長のうしろを見た。さっきよりも職員の数がふえている。ほとんどは女性。それらの視線がまるでルーレットをころがる玉を見るように真剣だと気づくと、隆彦はまたしても忍び笑いしたくなる。急いで市長の顔を直視し、

「お言葉ですが」隆彦はゆっくりと告げた。「おめがね違いかと存じます。私はあれを書くために、ただの一冊も本の助けを借りていません」

「まさか」

市長は瞠目《どうもく》した。

「ほんとうです」

「君は」信じられないという表情。「君はレファレンス・カウンターの職員じゃないか」

隆彦は首をふり、胸を張る。そうして一語一語をはっきり区切りつつ言う。

「レファレンス・カウンターは調査を助ける存在です。調査そのものは相談者自身がしなければならない。それと同様、書物というのは、ただ人間を助けるだけの存在なのです。最終的な問題の解決はあくまでも人間自身がおこなわなければならない」

市長はしばらく二の句が継げない。ようやく我に返り、白い歯を見せ、

「楽しみだな」

とのみ返事した。

市長が去ってしまっても、隆彦はなお直立したままだった。直立したまま放心するうち、閉館を告げるチャイムを聞いた。

8

仕事は終わった。

配架が終わり、日誌への記入が終わり、事務用品のかたづけが終わり、消灯が終わり、施錠の確認が終わり、二十九名のスタッフがいっせいに館外に出た。ただちに左右にわかれ、ずらりと列を作る。玄関から出口の門のほうへ。ただし人数が少ないため門までは届

かない。

その人の道のなかを、最後に玄関から出た隆彦が、ひとり静かに進み出す。胸に花束を抱き、しきりに左右へ頭を下げながら、一歩一歩ふみしめて行く。いくら夏でもこの時間は暗い。まわりの道路の街灯を除けば、この場を照らすのは頼りない玄関灯ただひとつ。おたがいの顔がほんのりとしか見えない薄闇《うすやみ》のなかの見送りだった。

隆彦の歩みは遅い。ときどき誰かと握手したり、一言二言《ひとことふたこと》、言葉を交わしたりしているせいだ。進んでは止まり、止まっては進み。とりわけ楢本さんとは長いこと。それでも道には限りがある。たったひとりのパレードはようやく果てようとした。

そのとき藤崎沙理がおどり出た。まるで通せんぼするみたいに隆彦に正対《せいたい》し、なかば仁王立ちして待ちかまえる。隆彦はその前に達し、息をはずませつつ、

「ありがとう。ありがとう。こんなふうに送ってもらえるなんて」

と言いかけたが、沙理のひややかな顔に気づき、口をつぐんだ。

「例の賭けなんですけど。和久山さん」

沙理がたいそう不満げに切り出すと、全員すっと静まった。

「あんな結果、誰にも予想がつきません」

隆彦はやっと思い出した。賭けはもともと沙理の発案にかかるものだったのだ。きっと

物足りない思いでいっぱいなのに違いないと察したが、

「私だってそうさ。まさか市長が来て、あんなこと聞くなんて」

「さぞかし鼻高々《たかだか》だったでしょうね」

周囲はどっと沸いたけれども、沙理は頬をふくらませたまま。隆彦はむきになり、

「冷汗たらたらさ。何が何だかわからなかった」

「堂々としてたように見えましたけど」

「とんでもない」

「まあ、いいです」

沙理はそうつぶやくと、さっきから小脇にかかえているものを両手に持ちなおし、

「はい」

さしだした。薄っぺらな正方形。近所の文房具店の包み紙でぴっちり覆われている。

「これは……私のサイン入り色紙？」

隆彦が問うと、

「仕方ないでしょう、当選者がいないんだもの。もちろん、ただお返しするのも愛想がないから、急遽、できるかぎり寄書《よせが》きしましたけど」

「寄書きなら、もう、もらったよ」

「仕方ないでしょう」

隆彦はやれやれと思いつつ、花束を手近なアルバイトの女の子にあずけ、ほとんど機械的に包み紙をといた。標準サイズの、どこにでもある金の枠《わく》つきの白い厚紙のまんなかに、黒のマジックペンで和久山隆彦と書いてある。我ながら不恰好な字だ。が、

「これは……」

隆彦は言葉につまった。名前のまわりに、赤のサインペンで、ろくでもないことばかり書いてあった。

新天地での苦労を祈る。

人生を甘く見るな！

どこへ行っても給料はおなじ。

等々。なかには、

潟田直次に心を許すな！

などという物騒な文字も見える。みな無署名だ。まるで何かの広告のコピーみたいなメッセージが、メッセージだけが、縦横ななめに書き散らされている。

「仕方がないんですよ」

沙理はそっぽを向き、他人事みたいに言う。

「みんな賭けが外れたし、終業前であわただしいから、厳しい文句を書いてしまうのも当たり前」

「ありがとう」

隆彦は色紙を抱きしめ、

「一生の宝ものだ」

と声をしぼり出しつつ、これらの寄書きの半分くらいが沙理の筆跡で占められていると気づいたことは黙っていようと思った。胸のなかに何かがじんわりと広がりはじめる。これまでの苦労はこの一枚のためにあったという大仰な感慨がすなおに浮かぶ。場がしんとした。花束も返された。目をあげれば、正門はすぐそこだ。左右の丸い門灯がとっとと出てけと言っているような気がする。

「もう会えないんですか？」

声がした。隆彦は視線を手前に戻した。いつのまにか沙理はまっすぐ自分を見あげ、目をいっぱいに開いている。首のへんから、かすかなしゃっくりの音《ね》もしたようだ。隆彦はどうしたらいいかわからないまま、

「来週からは」不器用に切り出した。「来週からは企画グループの一員だ。何しろ市政を総合的に見わたす立場だから、いろいろな部課といろいろな分野の折衝をしなければならない。今後はさらなる勉強家にならなければ」

沙理の顔がみるみる暗くなる。

「だからさ。勉強のしかたに迷ったら……」

隆彦があわてて付け加えようとしたとたん、

「わかりました」

沙理はぱっと表情を明るくして、

「ここのレファレンス・カウンターに来るからねって言いたいんでしょう？」

「……え？」

「待ってます、私」確信的な口調だった。「どんな相談にも答えられるよう用意しておきます。和久山さんが来たら気をつけをして、お辞儀して、ようこそって挨拶してあげまし

ょう」

いっときは調査相談課への配置がえを熱望し、しかし隆彦の指導をきっかけに本来の児童書担当に打ちこむようになった沙理が、これからは隆彦の後釜《あとがま》をかけ、調査相談課の仕事をすることになる。もう何度も引継ぎの打合せをしたけれど、隆彦はこの順当なような皮肉なような人員配置がいまだに現実のものと思えないところがある。

「そうだね」

と、ついぼんやり受けてしまった。沙理には失望のたねだったようだ。おそるおそるという顔になり、

「市長待遇なんですけど」

「あ、そうか」

「うれしくないんですか？」

「うれしいけどさ」

隆彦は頭をかく。それきり口をつぐんでしまう。沙理の顔はいよいよ晴れない。

「けど、何なんです？」

「何というか……」

「……はっきり言って下さい」

「私はあまり賢い人間じゃない」

隆彦は耳のうしろへ手をやり、ためらいがちに語を継いだ。

「レファレンス・カウンターに駆けこんだところで、ただちには理解できないかもしれない。あんまり長い時間カウンターを占めるのは、ほかのお客さんに迷惑だと思う」

「……はい」

「もうちょっと時間が必要なんだ」

「どれくらい？」

沙理はついに下を向いてしまう。声もほとんど消え入りそう。隆彦は空咳《からせき》をしたり、あさってのほうへ目を向けたりしたのち、ようよう踏ん切りをつけ、

「パフェ二杯ぶん」

沙理はゆっくりと隆彦へ顔を向ける。珍しいものでも目にしたみたいに何度もまばたきをしつつ、隆彦の目を見つめ、

「お断りします」

ふいに横を向いた。と思うと、きゅうに大人びた顔になり、

「お酒にして下さい」

隆彦はにっこりとし、歩きだした。

沙理のかたわらを通りぬけ、もはや見送りの人垣《ひとがき》もない空間をひとり、静かに進んで行く。図書館が遠ざかるのを背中で感じつつ、隆彦はひとつの確信をつかんだ気がした。これまでこの場でさまざまな本を参照したように、これからも、自分は何か壁にぶつかるたび、或る一冊の参考書を頼りにするに違いないと。この図書館に入職してから七年あまり、レファレンス・カウンターに配属されてから四年あまりの経験という、目に見えない、しかし造本のしっかりした分厚い事典を。

ぽつりと灯《とも》るふたつの門灯が、しだいに近づいてくる。

解説

小池啓介《こいけけいすけ》
（書評ライター）

小説は、ひとの心を動かす様々なはたらきをもっている。悲しくなったりドキドキしたり、笑ったり怖くなったり、ときには人生を振り返ったり。

門井慶喜の小説を読むと、びっくりさせられて——そのあとに豊かな気持ちが生まれる。

本書『おさがしの本は』は、雑誌「ジャーロ」で二〇〇七年秋号から二〇〇九年冬号にわたって連載され、二〇〇九年七月に刊行された作品の文庫化である。門井にとって四番目の著作にあたる。

主人公の名前は和久山隆彦。入職して七年の図書館員だ。現在は、N市立図書館の調査相談課に配属されて三年目をむかえたところ。レファレンス・カウンターに立ち、利用者の要望を受けて〝おさがしの本〟を見つけだすのがその仕事である。

ところでこの和久山隆彦、ちょっと問題がある。はじめは天職と思っていた仕事との関係がこじれているのだ。図書館が行政側から軽視されている事実に気づいてしまい、数少ない利用者とその使い方にも物足りなさをおぼえる日々。入職当初と代わり映えしない仕事にも張り合いを感じられない。そんな状況を受けとめるために隆彦はどうしたのか? 諦めをつけたのだ。状況を改善するための努力を放棄してしまったのである。

「図書館など知の宝庫ではない。単なる無料貸本屋か、そうでなければコーヒーを出さない喫茶店にすぎないのだ」これが彼の偽らざる心境なのだ。おのずと利用者に対する態度は冷淡になり、役人じみた応対に終始する。そうしないと――やっていられないから。

本書は、そんな隆彦がさまざまな経緯から一冊の本をさがすことになり、それと出会うまでを描く五つの物語をおさめた連作短編集となっている。

第一話「図書館ではお静かに」のはじまりは、レファレンス・カウンターに住むニヒリストのもとを、ひとりの女子大生が訪れる場面。

カウンターにやってきた彼女は隆彦に向かって「シンリン太郎について調べたい」という。授業で課せられたレポートで、その著作が課題図書になっているらしい。それに対し隆彦は、正しくは森《もり》・林《りん》太《た》郎《ろう》と読むもので森鷗外の本名なのだと返す。きょうびの女子大生の浅学菲才を心のなかで嘆きつつ、いつも通りの四角四面な応対をするのだが……。

続く第二話は、表紙に赤い富士山が描かれた児童書をさがす、タイトルもそのまま「赤い富士山」。閉館となる公民館の児童図書室から蔵書を運びだす作業をする隆彦の前に老紳士があらわれる。紳士は、N市立図書館に移した本のなかに自分が子どものころにまぎれこませてしまった本があり、それを返してほしいと要求してくるのだ。隆彦は児童書担当の藤崎沙理の協力を得て、富士山の正体に迫る。

物騒な題名がつけられた「図書館滅ぶべし」では、隆彦が新たに着任した副館長から研修と称して問題《クイズ》への解答をもとめられる。「日本語における外来語の輸入の歴史をまるごと含む」「人間の子供が最初に発する音《おん》によってのみ構成される」本。それを当ててみろというのが副館長からの挑戦状。信頼する先輩の楢本とともに、隆彦は難問に立ち向かっていく。

第四話「ハヤカワの本」の依頼者は小さなお婆さん。亡くなった連れ合いのお爺さんが図書館から本を借りっぱなしにしているのだが、その本が所有する本とごっちゃになってしまいわからないという。借りたらしいのは「早川図書」の本が二十冊。けっこうな量だ。だが、貸出記録にはお爺さんの名前は見つからない。それならと出版社名から館内の紛失本をあたることにするが……。

「最後の仕事」と題された最終話は、市議会議員の思い出の小説が目当ての本になる。議員の記憶に残っている場面をもとに作品にたどりつこうとするのだけれど、そのヒントがちょっと過激なのだ。なにしろ男性の下半身にくっついた器官が、障子をつぎつぎと突き刺していくというのだから。そんな印象的なシーンをもつ作品がいくつもあるわけがない。ところが、隆彦が指摘する小説を読んだ議員はこれではないといい切るのだった。

以上五編。バラエティにとんだ本さがしのなかに多彩なうんちくが織り込まれており、あらためて本のもつ世界の豊かさを感じられる作品がそろっている。また、身近にある図書館がどれだけかけがえのない存在なのかを、読み手は実感せずにはいられないはずだ。

それと、この作品、専門知識の有無が問われるような不親切な内容にはなっていないのでご安心を。どんな読み手でも楽しく読めるようにできている。いずれの短編も、謎解きミステリーの妙味をとりいれながら、小説本来の楽しみを追求して書かれているのである。

作品からちょっと話がそれるのだが——本好きにとって書物をテーマにしたミステリー小説は、ある種、特別な魅力を感じる存在なのだと思う。

作品内で〝本〟が重要な要素となるミステリーはビブリオ・ミステリーと呼ばれる。それらのなかには本書同様、図書館を舞台にした作品も少なくない。

たとえば、ジェフ・アボットの『図書館の死体』(ハヤカワ・ミステリ文庫)からはじまる図書館シリーズは、この分野の代表格といったところだろう。主人公のジョーダンは図書館長で、シリーズはいずれも殺人事件の謎解きの色彩が濃い。世界中で大ベストセラーとなったウンベルト・エーコ『薔薇の名前』(東京創元社)では、修道院が有する図書館のなかに殺人事件の鍵がひそんでいる。迷宮の構造をした図書館が異彩を放つ複雑怪奇なミステリーなのである。本邦では、古書業界を舞台にしたミステリーでも知られる紀田順一郎が『第三閲覧室』(創元推理文庫)で図書館内での殺人事件を描いた。

殺人が起こらないミステリーをご所望の方には、移動図書館から一万五千冊の本がなくなってしまうイアン・サンソム『蔵書まるごと消失事件』(創元推理文庫)はどうだろう。事件と並行して本の話題がたくさん語られる楽しみが付加価値となっている、本読み垂涎の作品だ。

現代謎解きミステリーの旗手、法月綸太郎による作者と同名の探偵が活躍する短編集『法月綸太郎の冒険』(講談社文庫)には、これも〝図書館シリーズ〟と呼ばれる四つの作品が収録されている。蔵書のページが切り裂かれる、同じ形のしおりが大量の本にはさみ込まれるといった図書館にまつわる謎解きの出来もさることながら、法月と女性司書とのやりとりも微笑ましい良質な連作である。もう一冊——森谷明子『れんげ野原のまんなかで』(創元推理文庫)も連作短編集。館内で起こる〝日常の謎〟の数々が解かれていくなかには〝本さがし〟の話もあり、本書との親和性の高い一冊としておすすめできるかもしれない。

本書は、図書館で謎めいた事件が起きるタイプの話ではない。本を巡る人間たちのあれこれを活写した作品ともちょっと違う。はじめはそれがどんな本かもわからず、ヒントを得て目的の本に迫っていく――利用者が求める本をさがす手助けをするという図書館の営みに着目し、そこに特化した謎解きミステリーとなっているところが、『おさがしの本は』の大きな特徴であり、おもしろさなのだ。

もちろん、ただ単に本さがしをしているからミステリーと呼んでいるのではない。また、思いもよらないマニアックな本にたどりつくところに驚きがあるわけでもない。そうではなく、真相をさしだす手つきがミステリーの手法を意識したものなのである。

隆彦は地道な作業をくりかえしたうえで、盲点に気づいたり発想の転換をはかることで、最後の真実をつかみとる。たとえば第四話「ハヤカワの本」がいい例になるだろう。出版社の名前にこだわったあげく袋小路に迷い込みそうになったところで、まったく別の角度から光明が見出されるのである。読み手が想像していなかった〝別の角度〟を示すことで最後のひとひねりが生まれる瞬間が肝《きも》であり、これが冒頭に書いた〝びっくりさせられる〟要因になっているのだ。

専門性の高い題材をミステリー小説の読み心地をもった作品に仕立てるのが、門井慶喜の小説作法であり真骨頂。謎解きのネタをすくいあげるのが、とにかく上手い書き手なのである。

門井慶喜は、二〇〇三年に短編「キッドナッパーズ」で第四二回オール讀物推理小説新人賞（現在はオール讀物新人賞と統合）を射止め、その三年後の二〇〇六年に『天才たちの値段』（現・文春文庫）を刊行し単行本デビューを果たした（このあたりの経緯については、大津波悦子による『天才たちの値段』文庫解説に丁寧に書かれているので、ぜひご参照ください）。美術品の真贋をめぐる人間たちの対立がミステリーの興趣となるこの作品は破格の完成度を見せ、早くも作風の確立を感じさせるものだった。その後の二〇〇九年には『天才までの距離』（文藝春秋）が刊行となり、シリーズ化されている。

続く『人形の部屋』（東京創元社）では、ビスクドール、食塩の製法、花ことばなど幅広い文化をあつかい、そこにミステリーの謎を提示して読者の知的好奇心を刺激する傑出した才能をまたもや示す。

〝物〟を題材にした前の二作から一転、三作目の『パラドックス実践　雄弁学園の教師たち』（講談社）は「弁論術」に重きをおく私立学園が登場する奇怪な作品となった。新学期の初日、いきなり教師に「テレポーテーションが現実に可能であることを証明してください」などと生徒が挑んでくるのだから恐ろしい。高度な議論のすえミステリー的な驚きを誘う着地はすでに熟練の域にある。

これまでの三作はすべて連作短編集。どの作品でも短編ごとの品質を高めながら、それと並行して長編としてのありようを考え抜いているあたり、小説つくりへのなみなみならぬ執念を感じずにはいられない。

開陳される専門知識は、実用書やガイドブックを読めば済むような知識のひけらかしにはならず、人間の生活に重ね合わされていくことで物語に深みが生まれ、それが門井作品の味わいになっている。ミステリーの趣向は、味わいをより引き立てるための最良のツールというべきだろう。

四冊目の本書を経たのちも精力的な執筆はつづく。前掲の『天才までの距離』につづき、血筋をテーマにした『血統《ペディグリー》』（文藝春秋）、印刷会社が舞台になった『この世にひとつの本』（東京創元社）を刊行し、さらに最新作であり、本書の三年後のN市を描く姉妹編ともいえる『小説あります』（光文社）では、ついに小説そのものの本質を追究するにいたるのだ。

本書もそれまでに書かれた作品と同じく、時系列の順に並んだ短編がひとつの流れをつくりあげている。ただし、それがだんだんと大きくなり最終的に新たな顔をもった長編として完結する構成は、これまでの作品とは一線を画するものだ。謎解きの部分とはまったく別に、第一話からさりげなく張られていた伏線が、やがて図書館の存廃問題を浮かび上がらせるのである。

第一話での女子大生との出会いをきっかけにして心情に変化が起こり、続いて図書館を閉鎖しようとする副館長が登場することで、隆彦の心には職場への想いがふたたびわきあがってくる。つまり本書は、ひとりの男の成長を描いた物語であり、弱い立場の人間が知恵を駆使して困難に抗うヒーロー小説でもあるのだ。

いくつもの短編に接してきた読者は、最終話になるころには隆彦を応援する気持ちでいっぱいになっていることだろう。読み手の気持ちをも背負った小さなヒーローは、果たして図書館を危機から救えるのだろうか？

すぐれた短編ミステリーの結構と、波瀾万丈な長編の魅力を兼ねそなえた贅沢な一冊――それが本書『おさがしの本は』なのである。

数奇な物語を読み、人間と書物の関係をいくつも垣間見ているうちに、あなたは本という存在が教えてくれる世界の奥深さに思いいたるはずだ。そして、自分の身のまわりにある書物たちが輝きを放つように思えてくるのではないだろうか。隆彦が守ろうとしたのは、その〝輝き〟にほかならない。

本書を閉じたら、ちょっと周囲を見渡してみてほしい。自分はなんと豊かな世界に生きているのだろう。きっとそんな気持ちが生まれてくるにちがいないから。

初出誌「ジャーロ」(光文社刊)
図書館ではお静かに　二〇〇七年秋号
赤い富士山　二〇〇八年冬号
図書館滅ぶべし　二〇〇八年春号
ハヤカワの本　二〇〇八年夏号
最後の仕事　二〇〇八年秋号、二〇〇九年冬号

二〇〇九年七月　光文社刊

光文社文庫

おさがしの本《ほん》は

著者　門《かど》井《い》慶《よし》喜《のぶ》

2011年11月20日　初版1刷発行

発行者　駒井　稔
印刷　萩原印刷
製本　榎本製本

発行所　株式会社　光文社
〒112-8011　東京都文京区音羽1-16-6
電話　(03)5395-8149　編集部
8113　書籍販売部
8125　業務部

© Yoshinobu Kadoi 2011
落丁本・乱丁本は業務部にご連絡くだされば、お取替えいたします。

ISBN978-4-334-76322-0　Printed in Japan

Ⓡ本書の全部または一部を無断で複写複製(コピー)することは、著作権法上での例外を除き、禁じられています。本書からの複写を希望される場合は、日本複写権センター(03-3401-2382)にご連絡ください。

組版　萩原印刷

お願い　光文社文庫をお読みになって、いかがでございましたか。「読後の感想」を編集部あてに、ぜひお送りください。
このほか光文社文庫では、どんな本をお読みになりましたか。これから、どういう本をご希望ですか。どの本も、誤植がないようつとめていますが、もしお気づきの点がございましたら、お教えください。ご職業、ご年齢などもお書きそえいただければ幸いです。当社の規定により本来の目的以外に使用せず、大切に扱わせていただきます。

光文社文庫編集部

本書の電子化は私的使用に限り、著作権法上認められています。ただし代行業者等の第三者による電子データ化及び電子書籍化は、いかなる場合も認められておりません。

光文社文庫　好評既刊

狂い咲く薔薇を君に　竹本健治
バルト海の復讐　田中芳樹
女王陛下のえんま帳　田中芳樹 垣野内成美 らいとすたっふ編
嫌妻権（新装版）　田辺聖子
結婚ぎらい（新装版）　田辺聖子
ずぼら（新装版）　田辺聖子
3000年の密室　柄刀一
4000年のアリバイ回廊　柄刀一
ifの迷宮　柄刀一
OZの迷宮　柄刀一
ゴーレムの檻　柄刀一
密室キングダム　柄刀一
ペガサスと一角獣薬局　柄刀一
目下の恋人　辻仁成
いつか、一緒にパリに行こう　辻仁成
マダムと奥様　辻仁成
愛をください　辻仁成

人は思い出にのみ嫉妬する　辻仁成
四国・坊っちゃん列車殺人号　辻真先
会津・リゾート列車殺人号　辻真先
青空のルーレット　辻内智貴
いつでも夢を　辻内智貴
ラストシネマ　辻内智貴
セイジ　辻内智貴
妻に捧げる犯罪（新装版）　土屋隆夫
天狗の面（新装版）　土屋隆夫
針の誘い（新装版）　土屋隆夫
赤の組曲（新装版）　土屋隆夫
盲目の鴉（新装版）　土屋隆夫
人形が死んだ夜　土屋隆夫
七十五羽の烏 本格推理篇　都筑道夫
血のスープ 怪談篇　都筑道夫
悪意銀行 ユーモア篇　都筑道夫
暗殺教程 アクション篇　都筑道夫

光文社文庫　好評既刊

猫の舌に釘をうて　青春篇　都筑道夫
翔び去りしものの伝説　SF篇　都筑道夫
三重露出　パロディ篇　都筑道夫
探偵は眠らない　ハードボイルド篇　都筑道夫
魔海風雲録　時代篇　都筑道夫
女を逃すな　初期作品集　都筑道夫
海峡の暗証　津村秀介
飛驒の陥穽　津村秀介
寺山修司の俳句入門　寺山修司
文化としての数学　遠山啓
指哭　鳥羽亮
赤の連鎖　鳥羽亮
夏の情熱　富島健夫
十三歳の実験　富島健夫
天使か女か　富島健夫
昆虫探偵　鳥飼否宇
趣味は人妻　豊田行二

野望課長　豊田行二
一夜妻　豊田行二
中年まっさかり　永井愛
天使などいない　永井するみ
グラデーション　永井するみ
戦国おんな絵巻　永井路子
ぼくは落ち着きがない　長嶋有
誓いの夏から　永瀬隼介
恋愛大好きですが、何か?　中園ミホ
耳占い　中谷ミミ
させぼ西海橋殺人事件　中津文彦
ねむろ風蓮湖殺人事件　中津文彦
耳猫風信社　長野まゆみ
蒸発（新装版）　夏樹静子
Wの悲劇（新装版）　夏樹静子
第三の女（新装版）　夏樹静子
目撃（新装版）　夏樹静子

光文社文庫　好評既刊

霧氷（新装版）　夏樹静子
光る崖（新装版）　夏樹静子
独り旅の記憶　夏樹静子
天使が消えていく　夏樹静子
量刑（上・下）　夏樹静子
往ったり来たり　夏樹静子
見えない貌　夏樹静子
撃つ　鳴海章
狼の血　鳴海章
冬の狙撃手　鳴海章
長官狙撃　鳴海章
雨の暗殺者　鳴海章
死の谷の狙撃手　鳴海章
バディソウル　鳴海章
第四の射手　鳴海章
哀哭者の爆弾　鳴海章
強行偵察　鳴海章

彼女たちの事情　新津きよみ
ただ雪のように　新津きよみ
氷の靴を履く女　新津きよみ
彼女の深い眠り　新津きよみ
彼女が恐怖をつれてくる　新津きよみ
信じていたのに　新津きよみ
悪女の秘密　新津きよみ
星の見える家　新津きよみ
ママの友達　新津きよみ
巻きぞえ　新津きよみ
稀覯人の不思議　二階堂黎人
新・本格推理 特別編　二階堂黎人編
しずく　西加奈子
夏の夜会　西澤保彦
北帰行殺人事件　西村京太郎
日本一周「旅号」殺人事件　西村京太郎
東北新幹線殺人事件　西村京太郎

光文社文庫　好評既刊

京都感情旅行殺人事件　西村京太郎
蜜月列車殺人事件　西村京太郎
都電荒川線殺人事件　西村京太郎
最果てのブルートレイン　西村京太郎
特急「あずさ」殺人事件　西村京太郎
特急「北斗1号」殺人事件　西村京太郎
山手線五・八キロの証言　西村京太郎
伊豆の海に消えた女　西村京太郎
東京地下鉄殺人事件　西村京太郎
十津川警部の逆襲　西村京太郎
十津川警部、沈黙の壁に挑む　西村京太郎
十津川警部の標的　西村京太郎
十津川警部の試練　西村京太郎
十津川警部の死闘　西村京太郎
十津川警部　長良川に犯人を追う　西村京太郎
十津川警部　ロマンの死、銀山温泉　西村京太郎
十津川警部「オキナワ」　西村京太郎
十津川警部「友への挽歌」　西村京太郎
紀勢本線殺人事件　西村京太郎
特急「おき3号」殺人事件　西村京太郎
山形新幹線「つばさ」殺人事件　西村京太郎
九州新特急「つばめ」殺人事件　西村京太郎
伊豆・河津七滝に消えた女　西村京太郎
特急さくら殺人事件　西村京太郎
四国連絡特急殺人事件　西村京太郎
L特急踊り子号殺人事件　西村京太郎
秋田新幹線「こまち」殺人事件　西村京太郎
寝台特急あかつき殺人事件　西村京太郎
寝台特急「北陸」殺人事件　西村京太郎
愛の伝説・釧路湿原　西村京太郎
怒りの北陸本線　西村京太郎
山陽・東海道殺人ルート　西村京太郎
特急「しなの21号」殺人事件　西村京太郎
富士・箱根殺人ルート　西村京太郎

光文社文庫　好評既刊

光文社文庫　好評既刊

人恋しい雨の夜に　日本ペンクラブ編　浅田次郎選
男の涙 女の涙　日本ペンクラブ編　石田衣良選
ただならぬ午睡　日本ペンクラブ編　江國香織選
感じて。息づかいを。　日本ペンクラブ編　川上弘美選
鉄路に咲く物語　日本ペンクラブ編　西村京太郎選
撫子が斬る　日本ペンクラブ編　宮部みゆき選
こんなにも恋はせつない　日本ペンクラブ編　唯川恵選
わたし、猫語がわかるのよ　日本ペンクラブ編
皿の上の人生　野地秩嘉
その向こう側　野中柊
犯罪ホロスコープI 六人の女王の問題　法月綸太郎
ひかりをすくう　橋本紡
虚の王　馳星周
いまこそ読みたい哲学の名著　長谷川宏
ポジ・スパイラル　服部真澄
真夜中の犬　花村萬月
二進法の犬　花村萬月

あとひき萬月辞典　花村萬月
スクール・ウォーズ　馬場信浩
「どこへも行かない」旅　林望
古典文学の秘密　林望
天鵞絨物語　林真理子
着物の悦び　林真理子
「綺麗な人」と言われるようになったのは、四十歳を過ぎてからでした　林真理子
八代目坂東三津五郎の食い放題　八代目坂東三津五郎
密室の鍵貸します　東川篤哉
密室に向かって撃て！　東川篤哉
完全犯罪に猫は何匹必要か？　東川篤哉
学ばない探偵たちの学園　東川篤哉
交換殺人には向かない夜　東川篤哉
白馬山荘殺人事件　東野圭吾
11文字の殺人　東野圭吾
殺人現場は雲の上　東野圭吾
ブルータスの心臓 完全犯罪殺人リレー　東野圭吾

光文社文庫　好評既刊

犯人のいない殺人の夜　東野圭吾
回廊亭殺人事件　東野圭吾
美しき凶器　東野圭吾
怪しい人びと　東野圭吾
ゲームの名は誘拐　東野圭吾
夢はトリノをかけめぐる　東野圭吾
ダイイング・アイ　東野圭吾
あの頃の誰か　東野圭吾
さすらい　東山彰良
イッツ・オンリー・ロックンロール　東山彰良
角　ヒキタクニオ
メモリーズ　樋口明雄
聖ジェームス病院　久間十義
独白するユニバーサル横メルカトル　平山夢明
ミサイルマン　平山夢明
いま、殺りにゆきます RE-DUX　平山夢明
可変思考　広中平祐

生きているのはひまつぶし　深沢七郎
十和田・田沢湖殺人ライン　深谷忠記
多摩湖・洞爺湖殺人ライン　深谷忠記
安曇野・箱根殺人ライン　深谷忠記
釧路・札幌1/10000の逆転（新装版）　深谷忠記
亡者の家　福澤徹三
ストーンエイジCOP　藤崎慎吾
ストーンエイジKIDS　藤崎慎吾
雨月　藤沢周
オレンジ・アンド・タール　藤沢周
現実入門　穂村弘
信州・松本城殺人事件　本城英明
ストロベリーナイト　誉田哲也
疾風ガール　誉田哲也
ソウルケイジ　誉田哲也
春を嫌いになった理由　誉田哲也
シンメトリー　誉田哲也

光文社文庫　好評既刊

銀杏坂　松尾由美
スパイク　松尾由美
いつもの道、ちがう角　松尾由美
ハートブレイク・レストラン　松尾由美
鈍色の家　松村比呂美
西郷札　松本清張
青のある断層　松本清張
張込み　松本清張
殺意　松本清張
声　松本清張
青春の彷徨　松本清張
鬼畜　松本清張
遠くからの声　松本清張
誤差　松本清張
空白の意匠　松本清張
共犯者　松本清張
網　松本清張

高校殺人事件　松本清張
新約聖書入門　三浦綾子
旧約聖書入門　三浦綾子
泉への招待　三浦綾子
極め道　三浦しをん
色即ぜねれいしょん　みうらじゅん
ボク宝　みうらじゅん
死ぬという大切な仕事　三浦光世
旧宮殿にて　三雲岳斗
少女ノイズ　三雲岳斗
「ぷろふいる」傑作選　ミステリー文学資料館編
「探偵趣味」傑作選　ミステリー文学資料館編
「シュピオ」傑作選　ミステリー文学資料館編
「探偵春秋」傑作選　ミステリー文学資料館編
「探偵文藝」傑作選　ミステリー文学資料館編
「猟奇」傑作選　ミステリー文学資料館編
「新趣味」傑作選　ミステリー文学資料館編